KB192748

이왕 사는 거 기세 좋게

이왕 사는 거 기세 좋게

보여줄게 100세의 박력,
100세의 해피엔드 인생법

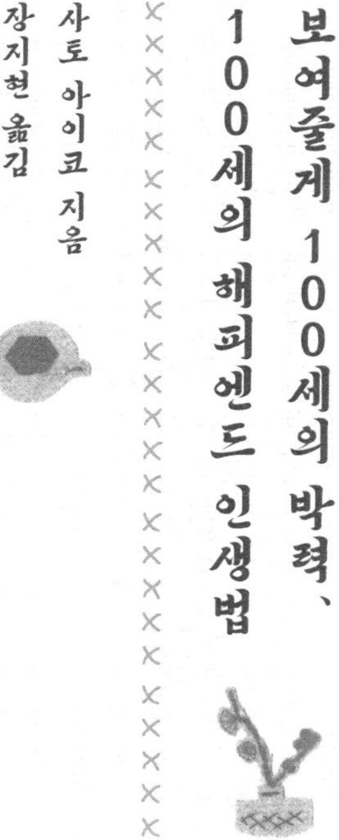

사토 아이코 지음
장지현 옮김

위즈덤하우스

차례

❶ 인생의 맷집을 키우려면

❷ 매력적인 어른 되는 법

❸ 인생은 아름다운 것만 기억하면 돼

요즘 행복 옛날 행복 | 엔도 슈사쿠와의 대화

일러두기

♧ 이 책은 1970년부터 2016년까지 일본 <PHP> 잡지에 실린 글을 모은 에세이입니다. 연도에 상관없이 주제별로 이야기를 묶었습니다. 또한 나이와 연수, 내용은 집필 당시의 것을 그대로 두었습니다.

1

인생의 맷집을 키우려면

상상력이 중요

어느 날, 나의 독자라는 사람에게서 편지가 왔다. 그 사람은 고등학생 때부터 S 출판사에 입사하고 싶다는 희망에 불타올라, 꿈을 이루기 위해 필사적으로 공부했다고 한다.

원래 공부를 싫어하는 편이었는데 S사에 입사하겠다는 일념으로 노력한 끝에 대학에 들어갔다. 그리고 꿈에 그리던 S사 입사 시험을 보았다. 1차 시험을 패스하고 2차 면접을 볼 때 면접관이 그녀의 이력서를 보면서 "당신은 졸업논문 주제로 사토 아이코를 선택했는데 사토 아이코를 좋아하나요?"라고 물었다.

"네, 무척 좋아합니다."

그녀가 대답하자, 면접관은 일언지하에 이렇게 말했다고 한다.

"이거 안 되겠네. 협조적이지 않아!"

가여워라, 그녀의 꿈은 사토 아이코 때문에 망가졌다.

그녀는 비탄의 눈물을 흘리며 나에게 편지를 보냈는데, 나는 S사의 사고방식이 어느 정도 지당하신 말씀(?)이라는 생각이 들었다. 나처럼 협조적이지 않은 인간이 조직에 들어가면 원활하게 돌아가지 않는다. 그래서 나는 당연하다고 생각한다(다만, 사토 아이코를 즐겨 본다고 해서 협조적이지 않다고 단정 짓는 것은 성급한 결론이 아닐까 싶습니다만).

나는 단점이 많은 인간이라, 협조적이지 않을뿐

더러 귀찮은 게 많고 화도 잘 내고 상대를 가리지 않고 하고 싶은 말은 다 하고 무뚝뚝하고 상식을 무시하며 저돌적이다.

그런 나에게 우리 편집부는 '사람들과 잘 지내기 위한 성격'이란 무엇인지 글을 써 달라고 요청했다. 사람들과의 교제가 서툰 나에게 일부러 그런 의뢰를 했다는 것은 혹시 편집부가 나에게 반성의 기회를 주려는 것일지도 모른다.

고백하건대 나는 지금까지 '사람들과 잘 지내기 위해 이런 성격이 되어야지' 같은 생각을 해본 적이 없다. 남들에게 사랑받으려고 애써본 적도 없다. 단점이 많은 나를 모르는 것도 아니었다. 단점들 때문에 사람들의 오해와 몰이해의 소용돌이 속에 살아야 했다. 하지만 그건 내가 나쁜 것이라 어쩔 수 없다고 생각해서 오해, 몰이해에 저항하려 하지 않고 그대로 받아들였다. 오해를 풀기 위해 노력할 생각도 하지 않았고 오해하는 사람을 원망하지도 않았다. '어쩔 수 없지'라고 생각했다.

태연하게 '어쩔 수 없다'라고 생각하는 것이 나의 가장 큰 단점이라, S사 면접관이 "이거 안 되겠네. 협조적이지 않아!"라고 주장하는 이유겠지만 나는 '있는 그대로의 나'를 솔직하게 보여주며 살 수밖에 없는, 서투르다기보다는 어쩔 도리 없는 속수무책인 인간이다.

'나는 왜 이렇게 성격이 별로인지 한심할 따름입니다. 어떻게 하면 사람들과 잘 지낼 수 있을까요? 어떻게 해야 사랑받을 수 있을까요? 호감을 사려고 애교 부리거나 농담을 해봤는데 그럴수록 더 싫어하더라고요.'

종종 이런 상담 편지를 받을 때가 있다. '나는 왜 이렇게 성격이 별로일까요?'라고 물어도 편지로 받으니 별로인 성격이 어떤 것인지 나는 알 수가 없다. '친구가 생기지 않는다'고 하는데, 친구가 그 사람을 싫어하는 것이 아니라 본인의 의식이 방해해서(스스로를 속박하여) '나를 싫어한다'고 생각하기 때문에 누구와도 친해질 수 없는 것일지도 모른다. 성격이 별로인 것이 아니라 그 '생각'에 문제가 있는 게 아닐까.

직장에서 밝고 순수해서 모두에게 사랑받고 인기 있는 A씨가 있는데 그 사람처럼 되고 싶다고 한다. 되고 싶다고 한들, 그렇게 쉽게 될 수 있을 리 없다. 사람은 각자 타고난 성질이 있다. 거기에 부모의 교육, 생활환경에서 체화된 성격도 있을 것이다. 그것은 생활 속에서 나도 모르는 새 몸에 배는 것으로, 넓은 의미에서 개성이라고 할 수 있다.

사람들이 밝고 순수한 사람을 좋아하니까 나도 그렇게 되고 싶어서 억지로 농담을 하거나 애교를 부려도 역효과가 나는 것은 '자연'스럽지 않기 때문이다. 무리하면 안 된다. 꾸며낸 모습은 꼴사납다. 그 사람에게 가장 자연스러운 모습, 있는 그대로의 모습을 장점으로 키우는 것이 가장 간단한 방법이라고 생각한다.

교제를 잘하고 싶다고 하더라도 일반적인 '사교성이 좋다'와 친구로서 '사랑받고 신뢰받는' 사귐이 있다. 밝고 순수해서 부담 없고 재치 있다면 분명 많은 사람들이 좋아할 것이다. 하지만 그게 뭐라고, 나는 생각한다. 많은 사람들에게 사랑받는 것과 소수이지만 믿어주는 사람이 있는 것, 둘 중 어느 것이 더 가치 있을까? 나에게 없는 밝음과 순수함을 억지로 만들어내는 것보다 타고난 성격을 키우는 쪽으로 생각을 바꾸는 편이 낫다. 단점을 장점으로 가져가는 것이다. 저 사람은 언뜻 보면 붙임성이 없어 친해지기 어렵지만 일은 열심히 한다든지, 사려 깊고 침착하다든지, 배려심이 깊은 사람이라든지.

이런 것은 노력하면 이뤄낼 수 있다. 나에게 없는 요소를 만들어내려고 노력하는 것은 쓸데없는 몸

부림이 될 것이다.

협조성이 없는 나는, 나의 강한 자아를 '고난을 끌어안고 씩씩하게 산다'는 방향으로 가져갔다. 하고 싶지 않으면 안 하고, 하고 싶은 말은 참지 않고 해야만 하는 제멋대로인 성격을 '정직'이라는 미덕(어떤 사람은 정직은 악덕이라고 할지도 모르겠지만) 쪽으로 끌고 갔다.

사람들은 나의 오만방자함과 분노병, 독설에 두 손 두 발 다 들었지만 내가 솔직하다는 것, 마음에 없는 말은 하지 않는 사람이라는 것만은 인정하게 되었다.

'다른 사람이 썼으면 이런 건 거짓말이라고 생각했을지 몰라도 사토 씨가 썼으니 진짜라고 생각했어요.'

이런 독자의 편지를 읽을 때 나는 무척 기쁘다.

나는 나의 단점을 끌어안고 성심성의껏 살아왔

다. 화낼 때도, 심지어 독설할 때조차 성심성의껏 비난했다. 이렇게 살 수밖에 없으니 그렇게 한 것이다.

요즘, 사람 만나는 것을 어려워하고 자신의 성격에 대해 고민하는 사람이 많아졌다고 한다. 하지만 사람들 사이에는 상성이 있다. 매사 긍정적이고 밝은 사람을 좋아하는 사람이 있는가 하면, 너무 밝으면 피곤하다고 생각하는 나 같은 사람도 있다. 중요한 것은 어두운 성격을 밝게 만들려고 노력하는 것이 아니라, '이 사람은 어떤 것을 좋아하고 어떤 것을 힘들어 하는가'를 생각하는 것이라고 나는 생각한다.

누군가 길을 물어서 알려줄 때 '이 사람에게는 이런 식으로 알려줘야겠지' 하고 신경 쓰면서 가르쳐준다. 젊은 사람에게 길을 알려주는 것과 노인에게 알려주는 것은 그 방법이 다를 수밖에 없다. 그 노인이 거리를 걷는 데에 익숙한 사람인지 아닌지도 생각한다.

결국 중요한 것은 상상력이고 배려다. 설령 말수가 적고 말주변이 없다 하더라도 마음을 다해 남의 이야기를 잘 들어주면 된다. 그러면 말하는 사람은 만족한다.

이런 것은 성격과 상관없이 할 수 있는 일이니, 내 성격의 나쁜 점을 분석하고 탓하기보다 타인을 배려하는 노력을 하면 그걸로 충분하다.

1994년 2월 증간호

×××

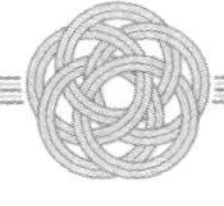

'다른 사람이 썼으면,

이런 건 거짓말이라고 생각했을지 몰라도

사토 씨가 썼으니 진짜라고 생각했어요.'

_어느 독자의 편지

기질의 문제

누구나 그렇지만 사람들과 어울리며 즐겁다고 느끼는 것은 무언가 타고난 기질과 서로 통하는 부분이 있는 경우다. 기질이 맞지 않아도 취미가 같으면 괜찮다는 의견도 있지만, 예를 들어 둘 다 클래식 팬이고 모차르트를 좋아한다고 하더라도 계속 모차르트에 대한 지식을 숨도 안 쉬고 쏟아내 내가 말할 틈도 없다면 흥이 깨진다. 더구나 그렇게 뽐내는 지식이 나도 어느 정도 알고 있는 것이라면 차마 눈 뜨고 볼 수 없는 지경이 된다. 어쨌든 상대방은 좋아하는 것이니 말하기 시작하면 멈추지 않는다.

"모차르트의 편지를 보면……."

이렇게 말을 시작하길래,

"아, 그거 저도 봤어요."

넌지시 나도 안다고 내비쳐보아도 상대는 귓등으로도 듣지 않고,

"똥이나 방귀같이 더러운 것을 편지에 쓰는 사람이었어요."

"아, 그렇군요. 별난 사람이네요."

"그런데 자기 아내에게는, 지난번 파티에서 당신이 시시덕거리는 모습은 숙녀답지 않은 행동이었다고 설교하기도 했다니까요."

"그랬었죠."

내가 이렇게 대답하는 것은 '그건 나도 잘 알고 있어요'라는 의미를 담고 있는 것인데 상대방은 전

혀 알아채지 못한다.

“그래서 연주 여행으로 파리에 있을 때 같이 왔던 어머니가 죽었는데요……”

그것도 안다고! 그때 모차르트는 아버지에게 편지를 썼다. 그러나 첫 번째 편지에서는 어머니의 죽음을 알리지 않고 중태라고만 적었고 6일 후에 쓴 편지에서야 처음으로 죽음을 알렸다. 결국 아버지가 받을 충격을 줄여주려는 배려가 있는 사람이라고 말하고 싶은 것이겠지!

모차르트를 좋아한다면 당신도 그 정도의 배려를 갖추는 게 어떨까!

마음속은 초조함으로 가득 차 터져버릴 것 같은데,

“그래서 모차르트는 아버지에게 편지를 썼는데 말이죠…….”

장황하고, 집요하고, 둔감하게 계속해서 지식을 쏟아내면 어설픈 취미 같아서 그 사람을 멀리하게 되는 경우도 있다. 두말할 필요도 없이 사람은 다양하기 때문에 누구에게나 붙임성 있게 다가가고 세심한 배려를 보이는 사람이 만인에게 즐거움을 준다고 할 수는 없다. 나처럼 심보가 꼬인 사람은 너무 붙임성 좋은 사람과 만나면 경계하게 된다.

그렇게 항상 기분 좋은 상태로 컨디션이 좋은 건 일반적이지 않다. 어쩌면 입에서 흘러나오는 대로 말하다가 나중에 욕이 나오는 건 아닐지 의심되기도 하고, 현관에서 나올 때 '발밑 조심하세요'라든지, 방 온도는 어느 정도가 좋을까요 라든지, 이 과일은 오늘을 위해 특별히 긴자의 ○○가게에서 주문해서 가져온 것이라는 등 여러 가지로 신경 썼다는 것을 드러내면 거기에 일일이 고맙다고 말하는 것만으로도 나는 지친다.

배려는 조용히 하는 것이지, 일일이 말하면 강요하는 것 같아서 성가시다. 그러나 그렇게 생각하는 것은 내가 괴짜라서 그런 거고 세상에서는 그게 상식으로 여겨진다.

어느 레스토랑에서 여자들끼리만 모인 식사 자리에서,

"오늘 음식은 좀 별로네요."

라고 말한 사람이 에티켓을 모른다고 비난받았다. 모임의 간사를 맡은 A 부인에게 실례라는 것이다. 맛없는 음식을 맛있다고 칭찬하는 것이 에티켓이라는 말이겠지만, 그 에티켓이라는 무난한 상식 안에 서로 속내를 말할 수 있는 만남의 묘미가 있을 것이다.

즐거운 만남이란 있는 그대로의 나를 보여줄 수 있는 사이다. 그러려면 시간을 들여서 무엇이든 말하고 어떤 이야기를 들어도 놀라지 않는, 이해와 신뢰를 쌓아야 한다.

"이거, 괜찮으면 네가 먹을래?"

"안 먹어? 그럼 내가 먹을게."

이런 대화를 하면서 먹을 수 있는 사람과 만나는

게 나는 즐겁다.

"넌 안 먹어?"

"필요 없어. 맛없는 건."

이런 사람과 만나는 것도 나쁘지 않다.

나에게는 맛없는 음식을 맛있다고 하면서 먹는 식사 모임은 즐겁지 않다. 하지만 그렇다고 해서 맛없는 음식이라도 맛있다고 하면서 먹는 사이가 즐거운 관계라고 생각하는 사람도 분명히 있으니 결국 이것은 기질의 문제다.

괴짜는 괴짜끼리, 상식인은 상식인끼리, 각자 기질이 맞는 사람과 만나는 것이 즐겁다.

나의 절친이자 작가 엔도 슈사쿠 씨가 전화를 걸어서,

"잘 지내? 건강은 어때?"

이렇게 묻길래 지금은 다 나쁘지 않다고 대답했다.

그러자 엔도 씨 왈,

"그래 놓고 문명인이라고 할 수 있나! 환갑이 넘었는데 나쁘지 않다니 야만인이냐!"

이런 대화를 아무렇지도 않게 나눌 수 있는 사람과 만나는 게 나는 즐겁다.

1988년 5월호

×××

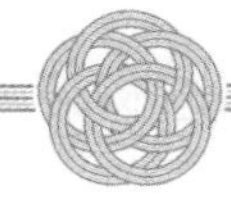

괴짜는 괴짜끼리, 상식인은 상식인끼리,

각자 기질이 맞는 사람과 만나는 것이 즐겁다.

_사토 아이코(나)

행복의 밑그림

나는 아주 가끔 외출하는데 번화가에 가면 그곳이 늘(일요일이나 공휴일이 아니더라도) 젊은 여성들로 가득 차 있어서 놀라게 된다. 자세히 보면 젊은 여성뿐만 아니라 남성도 있고 중년 여성도 있는데 젊은 여성만 있는 것처럼 보이는 것은 요즘 중년들이 젊어 보이고 남자가 여자처럼 곱상해 보이기 때문일지도 모른다.

그렇다 하더라도, 자주 보이네 싶을 정도로 봄이

되면 줄줄이 나오는 흰개미처럼 어디서든 나온다. 카페, 레스토랑, 신발 가게, 부티크, 어디든 가득하다. 마치 만개한 화단이 움직이는 듯하다. 옷이 컬러풀해진 것도 있지만 다들 화장도 잘하고 피부와 머릿결도 완벽하게 가꾸어서 반들반들하게 윤기가 난다. 그리고 모두 똑같은 얼굴에 똑같이 아름답고 똑같은 표정을 짓고 있다. 그래서 지나치게 가꾸어진 화단을 거닐고 있는 것 같은 기분이 든다. 지나고 나면 어떤 꽃도 인상에 남지 않는다.

아무래도 요즘 젊은이들은 타인을 너무 신경 쓰는 것이 아닐까? 사람들 눈에 어떻게 보일지, 다른 사람과 똑같지 않으면 못 견딜 것 같은 기분이 드는 것이 아닐까?

그래서 눈썹 그리는 법, 립스틱 색깔, 스커트 길이, 부츠, 겉모습이 모두 똑같아진다. 성인식에서는 모두 후리소데(기모노의 한 종류로 젊은 미혼 여성들이 입는 최고급 예복을 말한다-옮긴이 주)를 입고 하얗고 보송보송한 숄을 걸치고 똑같이 팔자걸음으로 걷는다.

사람들이 스키를 타러 가면 나도 가야 할 것 같은 기분이 든다. 사람들이 홍콩에 가면 나도 홍콩에, 파리에 가면 파리에, 교토의 오래된 절 툇마루에 앉아 정원을 바라보는 것이 좋다고 하면 너도나도 교토에 간다. 가끔 똑같이 하지 않는 사람이 있다면 유행에서 벗어난 '이상한 사람'이라는 취급을 받기도 한다.

연애에 있어서도 '남들' 따라 조급해하는 경우가 많고 결혼의 경우도 마찬가지다. 결혼 후 새 집의 부엌과 거실 사이에 장식이 달린 가림막 커튼을 달고, 화장실에는 남편은 파란색, 아내는 핑크색 양치 컵을 나란히 두고 수건과 슬리퍼도 파란색과 핑크색으로 맞추고 일요일에는 드라이브를 간다. 모두가 이렇게 사는 것을 행복이라고 여긴다면 역시 그것이 행복한 것이라 여긴다. 자녀는 남자아이와 여자아이 한 명씩. 이왕이면 명문 유치원에 들어가 피아노와 그림을 배우고……. 이런 행복의 밑그림이 이미 그려져 있다.

하지만 다른 사람을 흉내 낸 밑그림은 계획대로 되지 않고 어긋난 채로 완성되는 경우가 많다. 그럴 때 아이에게 엉뚱한 화풀이를 하고, 남편에게 환멸을 느낀다며 바람을 피우거나 이혼하려고 할 수는 없지 않는가.

애초에 행복의 밑그림은 내가 만들어야 한다. 그래야 적어도 불행한 삶은 막을 수 있다.

1979년 4월 증간호

내 경우

나는 과거에 두 번 결혼했었다.

첫 번째 결혼했을 때는 전쟁 중이라, 결혼하자마자 우리 부부는 떨어져 살게 되었고 종전 후 남편이 돌아왔을 때 그는 약물 중독자가 되어 있었다. 그래서 정상적인 결혼 생활을 한 기간을 따지자면 고작 5개월 정도일 것이다.

그 당시 결혼 생활에 대한 기억은 마약과 씨름했던 일 말고는 아무것도 남아 있지 않다. 어쩌면 기억하고 싶지 않다는 의식이 작용했기 때문이리라. 지금 이 글을 쓰려고 머나먼 과거를 들추며 그 결혼의 의미를 찾아보려 애를 썼지만 아무것도 떠오르지 않는다.

두 번째 결혼은 서른한 살 때다. 그는 그 무렵 내가 소속되어 있던 문학동인 잡지에서 함께 활동하던 사람이었다. 4년 정도 친구로 지냈는데 결혼하고 싶다는 마음이 들었던 이유는 그가 문학 공부에 있어서 선생님 같은 존재였기 때문이다.

나의 아버지는 소설가였지만 나는 소설가의 딸답지 않게 문학과 전혀 상관없이 자랐다. 소설 읽기를 좋아하는 것도 아니었고 쓰고 싶다고 생각한 적도 단 한 번도 없었다. 별생각 없이 그저 무심하고 태평하게 자란 딸이었다.

첫 번째 남편이 약물 중독으로 죽은 후, 나는 결혼이라는 것에 실망하여 평생 두 번 다시 결혼 따위 하지 않겠다고 굳게 마음먹었다. 결혼하지 않고 혼자 살려면 글을 쓰라고 권유한 사람은 어머니였다.

1893년생인 어머니는 여성문학단체인 세이토샤 青鞜社의 여성 해방 운동에 자극을 받아, 여성의 자립을 꿈꾸며 배우에 뜻을 두었지만 아버지와의 연애 때문에 그 꿈이 좌절되고 결혼 생활을 시작하게 된 여자였다. 어머니는 내가 어렸을 때부터 틈만 나면 언제나 결혼이 여자에게 얼마나 무의미하고 쓸모없는 것인지 말씀하셨다.

"결혼 같은 것."

어머니는 토해내듯 자주 이런 말을 하셨다. '같은 것'이라는 말에 수십 년간의 울분이 서려 있는 듯했다. 그렇다고 해서 아버지가 횡포를 부리며 어머니를 힘들게 하는 남편은 아니었다. 아버지는 제멋대로에 감정을 억제할 줄 모르는 남자였지만 어머니를 정말로 많이 사랑했다.

어머니가 외출이라도 하면 돌아올 때까지 일이 손에 잡히지 않는 듯 아무것도 하지 못했다. 조금이라도 귀가 시간이 늦어지면 난리가 났다. 몇 번이고 정류장으로 사람을 보내 들여다보게 하고 결국에는 당신 자신이 나섰다. 행선지를 알면 전화를 걸었다. 그때는 전화가 있는 집이 드물었으니 전보를 치기도 했다. '빨 리 귀 가 해'라고 말이다. 진저리가 난 얼굴로 돌아온 어머니를 보면 아버지가 미워지기도 했다.

그런 일을 겪다 보니 어머니는 외출을 꺼리게 되어 일 년에 손에 꼽을 정도로만 나가게 되었다. 외출이 싫은 게 아니라 아버지가 소란을 피우는 게 싫었던 것이다. 그 대신 어머니는 사고 싶은 것은 무엇이든 살 수 있는 사치를 허락받았다. 취향이 고급인 어머니는 그런 점에서 마음껏 사치를 부렸다고 할 수 있다.

원하는 대로 집을 짓고, 입고 싶은 옷을 입고, 마음에 드는 가구와 물건 들에 둘러싸여 있었지만 어머니는 배우 일을 그만두어야 했던 것, 자유가 없다는 것 때문에 늘 자신의 인생을 불만스럽게 여겼다.

요즘처럼 남편과 아이가 있는 주부가 계속 무대에 설 수 있는 시대가 아니었다. 게다가 아버지처럼 독점욕이 강하고 외로움을 많이 타는 남자가 남편이라면, 집에 붙어 있지 않고 무대에 서는 일을 계속하기란 완전히 불가능한 일이다. 결혼할 때 '결혼해도 계속 배우 일을 하겠다'는 약속을 아버지가 일방적으로 깨뜨린 것이다.

그래서인지 어머니가 나와 언니에게 '결혼 같은 것'이라고 할 때는 말 속에서 박력이 느껴졌다. 어머니는 평생 자립을 꿈꾸었는데 그 꿈을 망가뜨린 결혼에 대한 원망이 항상 있었던 것이다.

그런 어머니 밑에서 자란 우리지만 역시 결혼할 수밖에 없었다. 결혼을 혐오하고 경멸하면서도 어머니는 아버지의 바람과 세상의 관습에 따라 우리를 '결혼 생활에 적응할 수밖에 없는 여자'로 키웠다. 여성의 자립을 인생의 행복이라 여기면서도 어머니 또한 어떻게 딸이 자립할 수 있는 길을 열어 주어야 하는지 몰랐던 것이다.

그래서 나의 첫 번째 결혼이 불행하게 끝났을 때도 어머니는 전혀 걱정하지 않으셨다. 오히려 이혼을 장려하는 낌새마저 보였다. 어머니는 글을 썼으면 좋겠다고, 아버지가 생전에 네가 쓴 편지를 읽고 글재주가 있다고 칭찬했었다며 나를 부추겼다.

단순하게도 그 말에 힘을 얻어 나는 문학의 길로 들어섰다. 이제부터 '문학을 남편으로 삼겠다'고 할 정도로 패기가 넘쳤다. 하지만 얼마 지나지 않아 나는 소양 부족, 공부 부족의 벽에 부딪혀 자신감을 잃었다. 두 번째 남편인 S와 결혼하기로 결심한 것도 솔직히 말하면 '작가가 되겠다'는 목적 때문이었다.

나는 문학에 있어서 S를 존경하고 신뢰했다. S가 쓰는 소설의 난해함과 회삽한 문학론에 왠지 모르게 경도되었다. S는 나보다 다섯 살 아래였지만 항상 연상의 남자로 느껴졌다. 누군가 내 소설을 폄하하더라도 S가 칭찬해주기만 한다면 자신감이 생겼다. 결혼했지만 나의 남편은 S가 아니라 '소설'이었다. 마찬가지로 S의 아내는 내가 아니라 '문학'이었다.

평온한 인생은 행복할까

우리의 결혼 생활은 (남들이 보기엔 어땠는지 몰라도) 행복했다. 우리는 늘 부부싸움을 했지만(부부싸움은 우리 집 명물) 그것은 우리 결혼 생활의 본질과는 전혀 관련이 없었다. 내가 남편에게 화가 나는 부분은 지나치게 호인이라는 점이었다. S는 끊임없이 동료 문인들에게 돈을 빌려주었다. 생활비보다 남에게 빌려준 돈이 더 많은 달도 있었다. 빌려준 돈을 돌려받은 적은 단 한 번도 없었다.

그럴 때마다 나는 분노의 소용돌이에 휩싸였지

만 그래도 남편을 존경하는 마음은 변하지 않았다. 화를 내면서도 어느 정도 그런 남편을 용인하고 있었다. 언젠가부터 내가 손해 보기 싫어서 곤경에 처한 사람의 부탁을 거절하는 사람은 마음이 가난하다고 생각하게 되었다.

나는 미친 듯이 화를 내면서도 조금씩 S에게 동화된 것이다. 내가 원래 여자로서 가지고 있던 현실주의와, 현실과 동떨어진 S의 이상주의 사이에서 옴짝달싹 못 하던 나는 어느새 나도 모르게 현실주의를 버리게 되었다. 그래야 우리가 부부로 살 수 있었으니까.

부부란 그런 것이다. 서로 영향을 주고받으며 한쪽이 한쪽을 닮아간다. 닮지 않으려 해도 정신을 차려보면 어느샌가 닮아 있다. 좋든 싫든 어느 한 부분은 비슷해져야 부부로 살아갈 수 있지, 서로에게 영향을 끼치지 못하는 부부가 부부 생활을 지속하려면 서로에게 무관심해지는 수밖에 없지 않은가.

결혼한 지 10년째 되는 해에 S는 사업을 시작했고 순식간에 망해서 파산했다. S 같은 이상주의자가 사업의 세계에서 성공할 리가 없다. 그걸 알았던 친척들은 모두 반대했다. 아내인 나도 맹렬하게 반대했어야 했다. 상식적인 아내라면 당연히 반대했겠지만(그때 반대하지 않아서 나중에 친척들에게 비난의 대상이 되었다) 사람이 손익만 따지고 사는 것이 아니라는 S의 인생관이 나에게 체화되어 있었다.

나는 'S가 하고 싶다면 해야지'라고 생각했다. 그것이 S가 품은 인생의 꿈이라면 꿈을 좇아가야지. 꿈을 좇지 않고 평온한 일상만 찾는 인생 따위는 아무런 가치가 없다고 말이다.

그렇게 S는 사업에 뛰어들었다. 그리고 무참히 깨졌다. S가 나에게 말했다.

"나는 이대로 끝나지 않아. 다른 회사를 만들어서 재기할 거야."

나는 그를 믿었고 S의 회사 빚 일부를 떠안았다. 나는 그것을 불행이라고 생각하지 않았다. 오히려 현실적인 손익에 얽매이지 않고 사람으로서 해야 할 일을 하는 나에 대한 패기가 있었다.

그것은 10년간 S와 결혼 생활을 하면서 내 안에 자란 관념이다. 내가 빚을 갚기 위해 필사적으로 일하는 사이, S는 두 번째 회사를 운영하며 같은 실수를 반복했고 재기 불능한 꼴이 되었고 결국 술집 여자에게 가버렸다.

그로부터 20년이라는 세월이 흘렀다.

가끔 나는 S가 생각난다. S와의 결혼이 나에게 플러스였을까, 마이너스였을까.

S와 결혼하지 않았다면 나에게 좀 더 평온하고 격동 없는 인생이 펼쳐졌을지도 모른다. 별일 없는 평온한 인생을 행복이라고 여겨, 그 행복을 손에 쥐려고(또는 잃지 않으려고) 조심하며 살았을지도 모른다.

S와 결혼했더라도 내가 S에게 아주 작은 영향을 주었다면 이런 파란은 피했을지도 모른다. 다행인지 불행인지 나는 S에게 아무런 영향도 끼치지 못했다. 부부싸움을 할 때 나의 고성은 소나기처럼 그저 S를 스쳐 갔을 뿐이다.

하지만 나는 S와 결혼하길 잘했다고 확신한다. 남들이 어떻게 생각하든 상관없다. S 때문에 겪은 고생은 나를 강하게 만들었다. S에게 영향받은 인생관이 지금 나의 삶을 지탱하고 있다.

결혼은 꼭 해야 하는 것은 아니다. 하지만 나는 안 하는 것보다 하는 게 낫다고 생각한다.

결혼 생활이 평화롭고 즐겁다면 더할 나위 없다. 그러나 평화롭지 않은 결혼 생활이 즐겁지 않느냐 하면 꼭 그렇지만은 않은 것 같다.

1986년 6월 증간호

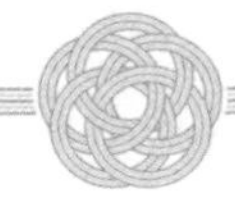

삶에 약간의 고생이 있는 게 좋다.

약간의 불안, 약간의 정념, 약간의 고통 없이

행복은 찾아오지 않는다.

_알랭(프랑스 철학자)

고난에 맞장 뜨다

지금으로부터 삼십 년 전, 내가 마흔두 살일 때 남편이 경영했던 회사가 도산해서 우리 집은 엄청난 빚더미에 앉게 되었다. 어쨌든 난맥 경영인 주먹구구식 회사였으니 망하는 것은 시간문제였다.

그런 사실을 전혀 몰랐던 나는, 언젠가 팔릴 것이라 믿으며 팔리지 않는 소설을 열심히 쓰고 있었다. 그래서 회사가 망했다는 소식을 들었을 때도 상황이 파악되지 않아 한동안 멍했다. 한신 대지진에 맞닥뜨렸던 내 친구는 곤히 자고 있다가 갑자기 침대에서 튕겨 나가고 눈앞에 대형 텔레비전이 굴러다니는 것을 보고 무슨 일이 일어난 건지 몰라서 순간 멍해졌었다고 했는데, 바로 그런 상태였던 것이다.

하지만 곧 사태의 심각성을 알게 되었다. 우리는 파산했고 집은 세 번째로 저당 잡혀 있었다. 당연히 집은 다른 사람에게 넘어가게 될 것이다. 그때 우리 집에는 그 집을 지을 때 안정적인 노후를 위해 비용을 부담하고 함께 살고 있었던 나의 어머니와 초등학교 2학년인 딸이 있었다. 집을 저당으로 잡는 것을 반대했던 어머니는 격노하겠지.

아이는 걱정스럽게 나에게 말했다.

"엄마, 우리는 이제 이 집에서 못 사는 거야?"

도대체 어떻게 해야 하는지, 우리는 어떻게 되는 것인지, 나는 기력을 잃은 우울증 환자 같은 상태가 되어 평소 친하게 지내던 마사지사인 U선생에게 마사지를 받으러 갔다. 그때 사정을 들은 U선생은 이런 말을 해주었다.

"사토 씨, 힘들 때 도망치려고 하면 더 힘들어져요. 고난은 피하지 않고 받아들이는 게 편해요."

이제 와서 생각해보니 그 말이 이후 나의 인생을 결정지었다고 생각한다. 마침 그날 초등학교 동창회가 있었는데, 나는 가겠다고 하긴 했지만 도저히 동창회 같은 데에 나갈 기분이 아니라서 빠질 생각으로 U선생에게 갔던 것이다. 그런데 선생은 사토 씨, 지금 동창회에 가라고, 그러면 기운이 날 거라고 말했다. 그래서 나는 힘을 내서 동창회에 갔다. U선생을 존경했던 나는 선생이 하라는 대로 하면 분명 괜찮을 거라고 생각했다.

나는 선생이 하라는 대로 '도망치지 않고' 받아들였다. 내 힘이 닿는 대로 남편 빚을 대신 갚았다. 적극적으로 용기를 갖고 살기로 결심한 것이다. 그러자 마치 포상처럼 나오키상을 받았고 전업 작가로 살 수 있게 되었다.

편집부에서 ‘맷집이 강해지려면 어떻게 해야 하는지’ 물었는데 맷집이 강해지려면 어쨌든 ‘맞아야 한다’고 나는 생각한다. 도망치지 않고 받아들이는 것이다. 이렇게 하면 어떻게 된다, 저렇게 하면 어떨까 등등 과하게 생각하지 않는다. 지나치게 생각이 많으면 행동력이 떨어진다.

스모 중계를 보면 해설가나 감독 들은 몇 번이고 연습의 중요성에 대해 말한다. 힘을 쓰는 선수를 칭찬할 때 반드시 ‘어쨌든 제대로 연습했으니까요’, ‘연습의 결과죠’라고 한다. 고된 훈련으로 선수는 단련되고 강해지는 것이다. 아무리 천부적인 재능을 타고났다 하더라도 연습하지 않으면 정상의 자리에 오를 수 없다. 이것은 기분 좋을 정도로 단순하고 명쾌한 공식이다.

어린 시절 친구 중에 자산가의 외동딸로 태어나

말 그대로 '온실 속 화초'처럼 자란 사람이 있다. 비슷한 자산가 집안으로 시집을 가서 평생 온실 속 화초인 채로 살 줄 알았는데, 전쟁으로 남편을 잃고 공습에 집이 불타버려서 먹을 것이 없어 영양실조에 걸리는 등 이제껏 살았던 삶과는 정반대의 현실을 맞닥뜨리고 혹독한 고난을 치러야 했다.

우리 세대는 국가가 만든 최대의 고난과 함께 살아야 했다. 힘들어도 도망칠 수 있는 길이 어디에도 없었다. 그러한 현실이 어느새 우리 안의 '맷집'을 키워주었다. 온실 속 화초였던 친구는 간신히 몸을 회복한 뒤 살기 위해 그때부터 화장품 방문판매를 시작으로 이십 년 후에는 간사이 지역에서 내로라하는 여성 사업가로 자리 잡았다.

그녀는 자신이 여기까지 올 수 있었던 것은 도망갈 곳이 없었기 때문이었다고 술회했다. 혹시 요즘 젊은이들이 '맷집이 없다'면, 그것은 도망갈 곳이 너무 많은 사회에서 자랐기 때문이리라. 요즘 시대를 사는 어려움은 도망가고 싶으면 여기저기 길이 있다는 점이다. 공적인 지원도 많다.

아무런 도움도 받을 수 없었던 시대를 살아야 했던 우리가 보기엔 요즘처럼 복 받은 시대가 없다. 하지만 그 대신 우리는 '맷집'이라는 힘을 키울 수 있었다. 지금은 그것을 고맙게 여기고 있다.

1996년 4월호

×××

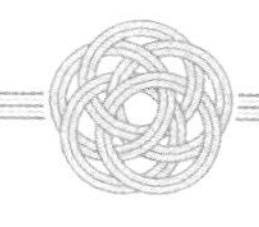

힘든 일이 생겼을 때,

도망치려고 하면 더 힘들어져요.

고난은 피하지 않고 받아들이는 게 편합니다.

_내가 존경하는 마사지 U 선생

②

매력적인 어른 되는 법

이래라저래라 하지 않고

여자들이 모이면 자주 남자들 욕을 한다.

주부는 남편 욕을 하고, 일하는 여성들은 직장에 있는 남자들 욕을 하고, 여성 작가들은 남성 작가 욕을 한다. 남자들은 왜 그렇게 고집이 센 걸까요. 절대 여자의 마음을 알려고 하지 않는다니까요. 본인이 하는 것은 틀림없다고 생각해서 다른 사람 의견은 귀담아듣지 않아요. 그런 주제에 실수해서 손해만 끼친다니까요. 귀찮은 건 남에게 떠맡기고 좋을 때만 나서요. 쓸데없이 낭비해서 가계를 망치는 주제에 야근 수당은 몰래 비상금으로 빼돌리고 내놓지도 않는 구두쇠에……. 한결같은 주부의 욕이다.

소심하고 쪼잔하고 마누라한테 기도 못 펴면서 질투심이 많다. 약자에게 강하고 강자에게 약하고 미인에게 약하고 못생긴 여자에게 강하다. 자기 인식이 부족한 경우가 많아서 상대방은 신경 쓰지 않고 윙크한다. 특별히 잘난 외모도 아닌데 여자들에게 인기 있다고 생각하는 강한 자부심. 아니, 인기 있다고 생각하지 않더라도 그건 결국 뻔뻔한 거 아닌가. ……마르지 않는 샘물처럼 끝도 없이 솟아나는 커리어우먼의 이야기.

여성 작가는 어떤 이야기를 하는지, 이건 동료를 배신하는 것이라 별로 쓰고 싶지 않지만 살짝 소개하자면 이런 식이다.

"이 사람이고 저 사람이고 다 소심하고 우유부단해."

"그래도 말이지, 그러니까 소설을 쓰는 거지. 안 그러면 글 못 쓸걸."

"꼴 보기 싫은 놈들만 소설 잘 쓰네."

"그게 싫지."

"작가니까 객관성이 있을까 싶지만 진짜 독단적이고 편견으로 가득 차 있어."

"에고이스트."

"어리광쟁이."

남자들도 별반 다를 거 없다.

남편은 아내 욕을 하고, 일하는 사람은 직장 여성을 욕하고, 남성 작가들은 여성 작가 욕을 한다. 마누라라는 족속들은 왜 그렇게 시야가 좁을까. 그 좁은 시야로 생각하는 것이 절대적인 진리하고 믿고 남들에게 강요한다. 자신의 의견에 동의하지 않으면 화낸다. 항상 나는 옳다고 생각하고 그 독단을 바탕으로 비판한다. 사실 비판도 아니고 단순한 호불호인데 자신이 대단한 평론가인 양 군다. 그리고 근거도 없이 사람을 의심한다. 의심하는 것에 사명감을 느껴서 곤란하다. 타인과 나를 연신 비교하는 것이 취미이고 거기서 질투와 허영의 불길이 타오른다……. 불평은 누구보다 많고 친절하게 대하면 기어오르고 세게 나가면 곧바로 울고 삐친다. 커피를 마실 때는 남자가 사는 것을 당연하게 생각하면서 남녀평등을 외친다. 일도 못하는 주제에 끼만 잔뜩 부리고 잘생긴 사람과 이야기할 때는 목소리가 달라진다……. 남성 작가가 하는 여성 작가에 대한 욕은 어떨까.

"아니, 아니야."

"아무래도……."

"아, 그건 큰 소리로 말하면 무서우니까요."

대단히 추상적이지만 그 어떤 구체적인 욕보다 굉장한 내용이 숨겨져 있다.

예전에는 남자는 여자 욕 따위 하지 않았다. 정확히 말하면 욕할 정도로 여자를 문제로 두지 않았달까. 남자에게 여자라는 존재는 욕을 할 정도로 의미 있는 존재가 아니라 그냥 묵살하고 고함치며 억누르는 존재였던 것이다.

"여자와 소인배는 부양하기 어렵다."

"시끄러워, 입 다물어!"

"어디 여자가! 들어가 있어!"

이런 식이었다. 이렇게 거만한 대신 남자로서 모든 책임을 홀로 짊어져야 한다고 생각했다. 비록 현실이 어떠하더라도 말이다. 그렇게 하지 않는 남자는 세상 사람들에게 손가락질을 받았다.

그런데 지금은 상황이 바뀌었다. 남자와 여자가 같은 선상에 섰다. 즉 서로 한발씩 움직여서 평등해졌다. 이에 대해 남자가 살기 어려워졌다, 또는 편해졌다는 두 가지 의견이 있다. 남자는 대단한 존재가 아니라는 점을 솔직하게 인정하고 여자에게 절반의 책임을 지우고 살면 홀가분해진다. 편해지지만 명령받고 비판받고 불평을 듣고 욕먹을 각오를 해야 한다.

어느 쪽을 선호하고 어떤 것을 선택할지는 개개인의 인생관이기 때문에 나 같은 사람이 이래라저래라 말할 이유가 없다. 여자도 나 정도 나이가 되면 남자의 단점을 일일이 따지거나 조건을 붙이는 것이 얼마나 무의미한지 알게 된다.

구두쇠인 남자가 있다. 그의 아내는 그의 인색함을 싫어하고 동업자인 A씨같이 배포가 크고 마음씨 좋은 남자가 이상적이라고 그의 부인을 부러워했다. 그런데 그 업계에 불황이 닥쳤는데 그가 '너무' 마음씨가 좋고 배포가 커서 사업에 실패해 빚이 산더미처럼 쌓였다. 구두쇠인 남편 덕분에 아내는 불황에도 별일 없이 지나갔다고 한다.

단순하다, 무신경하다, 소심하다, 허세를 부린다, 오기를 부린다, 고집이 세다 등 남자의 단점을 하나씩 나열하면 끝도 없이 나오지만 그런 것을 늘어놓고 분석해봐야 아무 소용 없다.

"저기, 이 옷장을 저쪽 방에 두고 싶은데."

"좋아, 내가 할게."

혼자서 거뜬히 옷장을 옮긴다. 이제 내가 남자에게 기대하는 것은 이런 부분이다. 그런 남편이 있으면,

'꽤 도움이 되고 믿음직스럽네.'

그렇게 만족하고 싱글벙글 웃으며, 더 벌어올게 하고 일하러 갈 것이다. 하지만 만약,

"여기 이 책상, 저쪽으로 옮겨줘."

"알았어."

하고 들기는 했으나 책상은 꿈쩍도 하지 않고,

"여보, 그쪽 들어봐."

질질 끌어서 카펫에 흠집을 내기도 한다면?

'진짜 한심해서 못 봐주겠네. 사람을 움직이게 해 놓고 책상 하나 혼자 못 들고 끙지럭거려!'

화가 나고 정나미가 떨어질 것이다.

요즘은 힘세고 고분고분한 남자라면 벌이나 용모도 따지지 않겠다는 마음이다.

'셔터맨'이라고 부르며 직업 없이 아내의 능력에 기대어 사는 남자를 경멸했던 것은 옛날 일이다.

'살림하는 셔터맨, 훌륭해! 남자 중의 남자. 나도 그런 남편을 원해!'

요즘은 이렇게 평가하는 여성이 많아졌다. 이것은 여성의 진보를 말해주는 것이리라. '살림하는 셔터맨'이야말로 시대를 앞서가는 위대한 직업이 된 것이다. 낡아빠진 남자의 자존심은 처박아두고 아내를 치켜세우고 격려하고 섬세한 배려로 아내를 만족시켜 돈을 벌게 한다. 어려운 일이다.

×××

한 가지 일에 온전히 매달리면 된다는 게 아니다. 인간으로서의 배포, 남자의 매력이 없다면 가족을 부양하는 가장은 날아가 버릴 것이다.

솔직하고 성실하고, 상냥하고 고분고분하다는 것은 예전에 남자가 여자에게 바라는 점이었다. 하지만 요즘은 여자도 이런 남자를 원한다. 게다가 힘도 세면 좋을 수밖에 없는 것 아닌가, 이렇게 이런저런 조건을 붙여도 어쩔 수 없다고 했더니 중년 여성들이 입을 모아 말했다.

“거기에 하나 더, 여자를 깔보지 않으면 더할 나위 없지.”

1979년 10월 증간호

남자가 울 수도 있지

옛날, 그러니까 내가 십 대, 이십 대일 때, 그 당시 나는 남자가 우는 모습을 본 적이 없었다.

전쟁 전후부터 패전에 걸친 시대라 1억 총궐기(일본 인구 1억 명이 다 죽을 때까지 싸운다는 전쟁 당시 일본의 구호-옮긴이 주)를 해야만 할 때였으니 남자뿐 아니라 여자도 남들 앞에서 눈물을 보여서는 안 된다는 생각이 사회 전반에 퍼져 있었다. 남편이 전쟁터에 나가더라도 아내는 눈물을 보이면 안 되고 잘 웃으며 보내주어야 한다! 그렇게 하지 못하면 여자의 수치라고 여겨졌으니, 어머니도 아내도 딸도 마음이야 어떻든 방긋 웃으며 남편을, 아들을, 아버지를 보내주었다. 여자가 방긋 웃고 있는데 남자가 울 수는 없다. 이제와 생각해보니, 남자도 여자도 가슴속 눈물 단지에 몰래 눈물을 가득 채우고 남들 앞에서는 웃고 있었던 것이다.

그 당시 보았던 남자의 눈물은 중등학교 야구(지금의 고교 야구)에서 진 선수의 눈물이 있었던 것 같다. 싸움에서 진 분함의 눈물만이 남자가 용서받을 수 있는 눈물이었다. 이렇게 생각하니 눈물이란 것은 정말 아픔과 같아서 참으려면 참을 수 있다는 것을 알게 되었다. 그후 시대가 바뀌어서 남자도 여자도 모두 똑같은 사람이다! 사람답게 살자! 울고 싶으면 크게 울어도 된다는 쪽으로 세상이 바뀌고 여자 못지않게 남자도 울게 되었다. 울지 않는 옛날 남자에 익숙해져 있던 나는 남자는 여자보다 강하고 훌륭하기 때문에 여자처럼 울지 않는다고 생각했던 게 실은 대단한 오해였다는 것을, 그렇게 되고 나서야 비로소 깨달았다.

내가 처음으로 가까이서 본 남자의 눈물은 전남편이 사업에 실패하여 도산했을 때였다. 그날, 평소답지 않게 일찍 귀가한 그는 다급한 걸음으로 거실에 들어와서 갑자기 이렇게 말했다.

"미안해, 회사가 망했어."

그러고는 금세 눈이 충혈되어 눈물을 뚝뚝 흘렸다.

그때 나는 어리둥절했다.

도산한 남편의 눈물을 보고 가슴이 철렁해서 같이 우는 아내도 있겠지만 나는 어찌할 바를 몰라 순간 멍해졌다. 그때까지 나는 '남자가, 심지어 내 남편이 운다'는 일이 일어나리라고는 꿈에도 생각해본 적이 없었다.

다시 말하면 나는 그 정도로 남편을 존경했다고 말할 수 있다. 신뢰하기도 했다. 어떤 일이 벌어져도 (다른 남자라면 몰라도) 내 남편은 태연하게 고난에 맞서는 남자라고 믿고 있었다.

그래도 남편의 눈물을 보고 갑자기 그에게 실망했다는 것은 아니다. 아무것도 할 수 없을 만큼 충격받은 것도 아니었다. 그저 순간 어리둥절해서 어떻게 해야 할지 몰라 난감했다. 그때까지 남편은 '강한' 남자였기 때문에 나에게는 남편을 격려하고 위로하는 경험이 없었다.

여기저기서 우는 남자를 보게 된 것은 그로부터 한참 후였다.

딸의 결혼식에서 우는 아버지, 또는 자신의 결혼식에서 흐느껴 우는 신랑, 아내가 도망갔다며 텔레비전에 나와 우는 남편……. 남자가 우는 모습 따위는 전혀 이상한 일이 아니게 되었다. 남자가 운다고 해서 일일이 당황하거나 놀라면 한도 끝도 없는 것이다.

"남자라는 사람이 아내가 도망갔다는 정도로 울다니, 그것도 남자냐! 정신 차려!"

이렇게 야단치고 싶지만, 지금의 여성들은 이렇게 말한다고 한다.

"남자도 많이 울어도 된다. 연약해지고 섬세해져도 괜찮다."

나도 여자 쪽에 속하니까 정말 그런가, 그렇다면 남자를 질타하지 말아야지 하고 생각은 한다만. 마음 깊은 곳은 석연치 않은 부분이 있다고 고백해본다.

1982년 4월 증간호

×××

내가 좋아하는 사람은

우리 집에 자주 드나드는 아가씨들과 함께 텔레비전을 보면 생각지도 못한 곳에서,

"와, 저 사람 멋있다!"

하고 소란이 일어, 나는 어안이 벙벙해진다.

'저 사람? 뭐가 멋있어?'

물어보고 싶어진다. 내 눈에는 일단 이목구비는 잘 붙어 있는 것 같지만, 도저히 멋있다는 생각은 들지 않는다.

내가 생각하는 멋있는 남자는 기합이 들어간 긴장된 얼굴이어야 한다. 얼굴이 긴장되어 있다는 것은 정신이 긴장되어 있다는 것이다. 머리를 쓰고 있다는 얘기다. 단단한 주먹 같은 남자의 얼굴—나는 그런 얼굴이 매력적이라고 생각한다. 예를 들면 오가타 켄緒形拳의 얼굴(실물은 모르지만)이 주먹 같은 얼굴이다. 그 단단한 주먹 같은 얼굴 속에 숨겨진 투지는 무엇에 대한 것인지 알고 싶어지는 기분—그것이 매력을 느낀다고 하는 것이리라.

예전에 캐서린 헵번과 로사노 브라지 주연의 <여정>이라는 미국 영화가 있다. 그 영화가 텔레비전에서 방영되자 아가씨들은 로사노 브라지가 멋있다고 또 소란을 떨었다. 영화 속에서 올드미스인 헵번이 혼자 베니스를 여행하다가 그 지역 골동품 가게 주인과 사랑에 빠져, 둘이 춤추러 가는 장면이 있다. 거기서 로사노는 춤을 추면서 멜로디를 흥얼거린다.

나는 정말 낯간지러워서 볼 수가 없다. 그게 '미남'이라면 도저히 미남이랑은 사귈 수 없을 것 같다.

"내가 헵번이라면 여기서 갑자기 정이 떨어져서 안녕을 고하고 돌아갈 거예요."

그랬더니 아가씨들은 놀라면서 한목소리로 이렇게 말했다.

"왜요…… 제일 멋있는 장면 아닌가요……"

나는 재미있는 남자가 좋은 남자라고 생각한다. 과묵한데 어쩌다 한마디 하면 인간미가 있어서 재미있는 사람이 좋다. 아무리 재미있는 남자가 좋다 하더라도 재밌는 척하려고 혼자 마구 떠들면서 어때요, 재밌죠, 자 웃어요 라는 표정을 짓는 사람은 전혀 재미있지 않고 피곤해진다. '남자는 말없이 삿포로 맥주'(1970년 남성 타깃의 삿포로 맥주 광고 카피-옮긴이 주) 이런 것이 좋다.

사람이 단순해서 그런지, 나는 남자든 여자든 단

순하고 올곧으며 솔직한 사람을 좋아한다.

이리저리 남의 눈치만 보면서 의중을 살피고, 손익을 따지고, 테크닉을 써서 사람의 호감을 산다—이런 재능이 뛰어난 사람이야말로 요령 있게 세상을 살며 출셋길에 오르겠지만, 정말이지 나는 매력을 느끼지 못한다(그래서 몇 번 결혼해도 고생한다). 안타깝게도 내가 매력적이라고 생각하는 사람은 대부분 오해받거나 손해를 입거나 남 밑에서 고생하며 빛을 보지 못해도 정직하게 살려고 하는 사람들이다.

남편과 이혼한 젊은 부인이 있었다. 결혼한 지 5년이 되었지만 어쩐지 남편과는 잘 맞지 않았다. 남편에게는 애인이 있는 모양이다. 이런 불행한 결혼 생활을 하는 것보다 헤어져서 서로 새로운 인생을 사는 쪽이 좋지 않을까 하고 어느 날 갑자기 남편에게 말했다. 남편은 놀라며, 말은 그렇게 해도 나랑 헤어지면 어떻게 먹고살 거냐고 물었다.

남편 입장에서는 바람피우고 있기는 하지만 아내와 헤어질 정도로 그 여자에게 푹 빠진 것은 아니었다. 게다가 아이도 있다. 위자료와 양육비를 주면서까지 헤어지고 싶은 생각은 없었다.

그러자 아내가 말했다.

"괜찮아. 일자리는 이미 알아봤어. 그리고 아이 봐줄 사람도 찾고 있고."

남편이 통장을 확인해보니 이미 절반이 빠져 있었다.

"당신 애인 얘기는 아무한테도 말 안 할게. 우는 소리 하기 싫으니까. 깔끔하게 헤어지자."

그럼 안녕, 이렇게 말하며 아내는 아이를 데리고 이혼했고 재산의 절반을 가져갔다. 그러고 나서 작은 아파트에 살면서 활기차게 일하기 시작했다. 고등학생 때 사귀었던 동급생이 생각나서 식사 초대를 했고 머지않아 연인 사이가 되었다. 그녀는 직장 근처에서 가끔 전남편을 마주칠 때가 있다. 그럴 때면 그녀는 전남편을 카페로 데려가서 연인과 잘 지내고 있다거나 아이가 건강하게 자라고 있다 같은 이야기를 한다.

"이런 관계, 나쁘지 않다고 생각해요."

그녀는 모두에게 이렇게 말했다.

"바람 때문에 헤어진 남편과 만나서 원망하지 않고 밝은 모습으로 커피를 마시고 웃으며 헤어진다. 이상적인 이별이 아닐까요, 저 자신도 만족스러워요."

그녀를 두고 사람들은 모두 매력적인 여성이라고 말한다. 그리 눈에 띄는 미인은 아니었는데 요즘 들어 예뻐졌다. 걸음걸이도 당차고 태도도 좋고 시원시원해서 기분이 좋아진다. 역시 정신이 충만해지면 매력이 살아난다며 모두 감탄하고 있다. 확실히 그녀는 생기가 넘친다. 당당해서 아름답다. 나도 그렇게 생각한다. 하지만 그러면서도 나는 어딘가 석연치 않다. 어쩐지 그녀는 지나치게 씩씩한 것 같다. 과하게 생기 넘치고 너무 시원시원하다.

내가 '과하다'고 느끼는 것은 그녀의 영리함, 타인의 감수성도 자신의 감수성도 지나치게 똑 부러지게 정리해버리는 그 재능, 그 합리주의 때문일 것이다.

그녀와 헤어진 전남편은 이혼 후 바람피우던 상대와도 헤어지고 점점 추레해져서 혼자 쓸쓸하게 계란프라이나 부치고 있다고 한다.

"그 말을 들었을 때 '이겼다!'라고 생각했어요."

그녀는 이렇게 말했다고 한다.

내가 느꼈던 석연치 않음이 맞다고 생각한 것은 아마 그 이야기를 들었을 때부터였던 것 같다.

1984년 8월호

단단해져라

내가 말하는 '매력적인 사람'에 대한 생각을 얘기하면 아마 젊은 사람들이 반발을 하거나 웃어넘길 거다. 예를 들면 이런 것.

젊은 여성을 대상으로 한 TV 공개 방송을 볼 때, 카메라가 객석을 비추면 어깨까지 내려오는 긴 머리가 줄줄이 늘어서 있어서 나도 모르게,

"이게 뭐야!"

라고 소리 지르게 된다. 동그란 얼굴도 갸름한 얼

굴도 각지거나 뾰족한 얼굴도 전부 똑같이 긴 생머리다. 롱헤어가 나쁘다는 게 아니다. 둥글어도 뾰족해도 각진 얼굴도 긴 머리라는 사실이 놀랍다. 중학교나 고등학교 교복은 개성을 없애버리니까 싫다는 말을 자주 듣는데 이렇게 죽 늘어선 모습은 정확히 '두발 규제' 느낌이 아닌가. 이렇게 똑같은 머리 모양 때문인지 어떤 사람도 기억에 남지 않는다. 둥근형·삼각형·사각형 등 각기 다른 얼굴형인데도 같은 얼굴로 보이는 것이다.

여학생 모임 같은 곳에 인사차 들르면 차례차례 똑같은 얼굴이 인사하러 오는데 누가 누군지 구분할 수가 없다. 분명 이 사람은 아까 접수처에서 인사한 사람이라고 생각했는데 아닌 것 같기도 하다. 그런데 친근한 태도로 대하니 처음 보는 건 아닌 것 같다. 그렇지만 요즘에는 처음 보는 사이라도 구면인 것처럼 허물없이 대하는 사람이 있으니 안심하면 안 된다. 아니, 잠깐만, 그래, 이 사람은 탁

상연설을 했던 사람이 아닌가? 분주하게 머릿속으로 이런 생각을 하면서 빙긋 웃으며 "그래요, 그래요" 하고 마구 인사를 하는 것은 내가 생각해도 너무 재주가 없는 것 같아서 결국 큰맘 먹고 이렇게 말했는데,

"아까 하신 스피치, 정말 재밌었어요."

다른 사람이었다.

어느 날 갑자기 요즘 젊은 여성들이 모두 똑같은 얼굴로 보이는 것이, 어쩌면 내가 노망나서 그런 게 아닐까 하는 생각이 들었다. 갑자기 불안해져서 나보다 나이가 적은 친구에게 말했더니, 말 그대로 모두 비슷한 얼굴, 비슷한 분위기, 비슷한 옷이지 당신이 늙어서 그런 게 아니라고 한다. 그런 말에 위안받고 안심하는 꼴이라니. 나 원 참.

그 친구가 말하길, 긴 머리 때문만이 아니라 짙은 화장도 원인이라고 한다. 그러고 보니 며칠 동안

일본을 떠나 외국을 갔다 돌아오면 일본 젊은 여성들의 짙은 화장이 눈에 띈다. 외국의 젊은 여성들이 모두 발랄해 보이는 것은 젊은 맨 살을 그대로 보여주고 있기 때문일지도 모른다. 일본의 젊은 여성들은 학생인지 주부인지 직장인인지 구분할 수 없어서 애를 먹는다고 하면, 왜 구분해야 하느냐며 그게 바로 차별의식이라고 간단하게 되받아친다. 보기 좋게 바른 붉은 입술에 동정하는 듯한 웃음이 걸려 있다. 이런 웃음을 '매력적'이라고 하는 것일까? 할미는 잘 모르겠다. 이 할미에게는 그 입술이 교활하고 밉살스럽게 느껴질 뿐이다.

왜 여학생들은 화장을 진하게 하는 것일까?

화장품 회사의 계략에 놀아나는 것인지, 다들 하니까 해야 한다고 생각하는 것인지, 자기가 가진 빛나는 젊음을 모르는 것일까?

주체성, 주체성이라고 말하면서 왜 모두 비슷한 거무스름한 패션에 똑같은 화장을 하고 똑같은 머리 모양을 하는 것일까? 할미들은 알 수 없는 일투성이다.

아는 체하는 얼굴로 어떤 할미가 말했다.

"그건 말이죠, 그 아가씨들은 남자들이 긴 머리를 좋아한다고 생각하기 때문이에요. 그래서 다들 머리를 기르죠. 남자들은 왠지 모르겠지만 긴 머리를 좋아하거든요……."

"뭐라고요!"

뜻밖에도 할미들의 외침이 하나가 되었다.

남자들 마음에 들기 위해 긴 머리를 한다!

도대체 이것이 주체성을 말하는 여자가 할 말인가. 우리 할미들은 '주체성'이라는 말을 입에 담은 적은 없지만(우선, 그런 단어를 몰랐다) 남자의 관심을 끌기 위해 치장한다는 경박한 짓은 생각해본 적이 없다. 옛날에는 남자의 환심을 사야 하는 술집 여자만 그런 걸 신경 썼다.

'매력적인 여성'이 반드시 '남자에게 인기 있는

여자'인 것은 아니다. 여성의 지적 수준이 이 정도로 높아졌는데 남자의 관심에 신경 쓰는 여성이 늘어난 것은 왜일까.

카페의 창가 쪽 테이블에 젊은 남녀가 마주 보고 앉아 있는데, 남자가 무언가 열심히 말하고 있었다. 도대체 요즘 젊은이들은 무엇에 관심이 있는지 궁금해서 귀를 기울여봤더니 이런 이야기를 하고 있었다.

"어쨌든 일등이야, 냉우동은 '시노노메'가 최고라고. 거기, 내가 진짜 좋아해. 그 집 거의 대부분 갓 튀긴 튀김 부스러기를 올려주는데 그게 진짜 맛있어. 한 번 전날 튀긴 게 아닐까 싶은 적이 있었는데 그때 딱 한 번뿐이었으니까. 다른 가게들은 갓 튀긴 게 들어가는 걸 본 적이 없어. 냉우동의 가치는 튀김 부스러기로 결정된다고."

냉우동에 올려주는 튀김 부스러기에 대해 말하

는 것은 그 사람의 자유다. 그런데 대체 그게 뭐라고 남자가 그 정도로 열심히 설명하는 걸까?

"어쨌든 시노노메는 튀김 부스러기를 듬뿍 얹어 줘. 우리 학식에서 나오는 냉우동은 너무했지. 무순만 잔뜩 올려주고 튀김 부스러기는 눅눅하고 양도 적잖아…… 누가 뭐래도 냉우동은 튀김 부스러기가 생명이라고."

"흐음", "그치그치", "응응", "아~"

맞장구를 치고 있는 상대방 여성은 옆모습이 예쁜, 하얗고 갸름한 예의 그 긴 생머리—.

"음, 그래?"

그러면서 손을 뻗어 남자 앞에 있는 크림 파르페의 체리를 집어 귀여운 입속으로 넣었다.

"그럼 다음에 시노노메 가보자."

"응, 꼭 가봐. 냉우동, 진짜 추천이야."

그 정도로 추천하는 냉우동이라면, 다음에 사줄게, 정도는 해야지. '꼭 가봐'는 뭐람.

×××

두 사람이 손을 잡고 가게를 나간 후, 또 다른 학생 커플이 그 테이블에 앉았다.

"역 앞을 걸어가고 있는데 TV 방송에서 와서 리쿠르트 문제(1988년에 있었던 일본 최대의 정치 스캔들로 당시 정재계 거물급 인사 76명이 연루되었던 사건-옮긴이 주)를 어떻게 생각하느냐고 물었는데 우리가 평생 벌어도 모을 수 없는 돈을 쉽게 받아서 부럽다고 말했어."

"그럼 오늘 저녁 방송에 나오겠네. 와, 보고 싶어…… 어느 방송사야?"

부럽다니…… 나는 생각했다. 이런 멘트를, 저 학생은 세련돼 보이는 말투로 말했겠지. 그런데 코멘트는 허접하기 그지없다. 학생이라면 학생답게, 사건을 정면으로 바라보며 진지하게 고민하여 자신의 의견을 말해보려고 해야 하지 않나. 왜 생각하지 않고 세련된 말투 또는 비꼬는 듯한(본격적으로 비꼬는 것이 아닌) 어투로 어물쩍 넘기며, 자신이 아무 생각도 하지 않고 사는 것, 무지, 공부하지 않는 것을 대충 얼버무리려 하나.

자신의 철학을 가지라고 굳이 말하지는 않겠다. 적어도 다양한 사회 현상에 대해 똑바로 바라보고 진지하게 생각하려는 자세만은 가지길 바라는 거다.

예전부터 '회의懷疑'는 젊은이들의 특권이었다. 학생들이 반드시 겪는 홍역이었다. 그 회의를 극복하기 위해 학생들은 책을 읽고 생각하고 토론했다. 그래서 얼굴에 긴장이 가득하고 목소리에 지성과 무게가 몸에 배어 있었다.

생각하기를 멈춘 젊은이, 회의를 모르는 젊은이, 화내지 않는 젊은이, 저항하지 않는 젊은이에게 매력 따위가 있을 리 없다.

'풍요의 시대에 태어난 자들의 불행.'

그런 얼굴로 말한다고 해서 끝이 아니다. 불행하

다고 생각한다면 그 풍요의 시대에 저항해야 한다.

'어쩔 수 없으니 타협하는 거지……'

이렇게 말하면서 풍요의 시대를 꽤나 즐기고 있다.

자동차는 어디서 나온 신차가 좋다든지, 역시 외제차가 멋있다든지, 어떤 시계를 가지고 싶다든지, 냉우동은 시노노메가 최고라든지. 시답잖은 소리를 하며 살고 있다. 심지가 없는 것이다.

그런 남자들의 마음에 들기 위해 머리를 기르고 짙은 화장을 하는 여성에게 매력이 있을 리가 없다.

남자도 여자도 단단해졌으면 좋겠다. 매력적인 젊은이는 단단한 얼굴, 또렷한 목소리와 말투, 씩씩한 걸음걸이를 갖추고 있는 사람이다. 그렇게 단단해지려면, 지금까지 할미가 한 말을 곱씹으며 읽어보길 바란다.

1989년 6월 증간호

×××

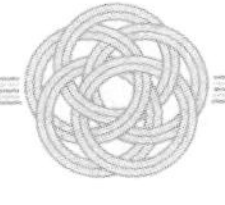

남에게 질 걸 알면서도

싸워야 할 때가 있다.

_조지 고든 바이런(영국 시인)

젊음이란 미숙한 것

'나답게 살기—하지만 신경 쓰이는 타인의 시선'
이런 제목으로 글을 써 달라는 편집부의 요청이 있었다. 별생각 없이 승낙하고 원고지 앞에 앉아서 다시 한번 의뢰서를 읽다가 의아한 마음이 들었다.

젊은 여성분들 모두 즐겁게, 나답게 사는 거 아닌가. 신경 쓰이는 타인의 시선?

엇, 진짜냐고 묻고 싶어졌다.

지하철을 타보면 이른 아침부터 짙은 화장을 한

젊은 여자가 앉아서 졸고 있는 모습(신문에 이 이야기를 썼더니 동감한다는 엽서가 쏟아졌다). 화장을 질게 한다는 것은 다른 사람들에게 예쁘게 보이고 싶기 때문이리라. 하지만 한편으로 앉아서 조는 모습만큼 남에게 보여주고 싶지 않은 것도 없을 것이다. 적어도 옛날부터 나 정도 세대까지 일본 여성들은 다들 그렇게 생각했다.

그래서 질은 화장을 하고 아무렇지도 않게 졸고 있는 모습을 보인다는 모순이, 우리 세대에서는 도저히 이해할 수 없다. 너무 피곤해서 화장도 다 지워지고 머리도 부스스한 사람이 졸고 있다면 아, 피곤하구나, 고생했네, 하고 동정하는 마음으로 보는데 질은 화장에, 더군다나 이른 아침부터 졸고 있으면 밤새 놀았나 보군, 하고 트집을 잡고 싶어진다.

하지만 정작 당사자들은 타인의 시선 따윈 신경 쓰지 않으니 아무렇지도 않게 긴 머리를 앞으로 늘

어뜨리고 꾸벅꾸벅 졸고 있다. 주변 사람들이 어이없게 쳐다보리라고는 상상이 안 가니까 당당하게 옆 사람에게 기댄다.

출퇴근하는 남성들은 긴 머리만큼 러시아워 때의 지하철(게다가 여름)에서 민폐인 것이 없다고 입을 모아 말한다. 긴 머리카락이 에어컨 바람에 휘날려서 다른 사람의 얼굴이나 목덜미를 스친다. 꼭 긴 머리를 해야겠다면 적어도 지하철을 탈 때는 뒤로 묶고 가만히 있었으면 좋겠다는 투서를 세 번 정도 신문 등에서 본 적이 있다.

긴 머리는 여성을 더 예뻐 보이게 할 수도 있다(나는 꼭 그렇다고 생각하지는 않지만). 남자들 중에 긴 머리에 매력을 느끼는 사람이 많을 수도 있다. 하지만 그렇게 매력적인 긴 머리도, 옴짝달싹 못 하는 초만원 지하철 안에서 얼굴을 스친다면 매력적이기는커녕 질리는 게 당연하다. 그걸 좋아하는 건 변태 아니면 그녀에게 마음이 있는 남자뿐일 것이다. 아무런 관심도 없는 남자들은 너무 성가셔서 아침 댓바람부터 화가 난다. 그리고 세상에는 그녀에게 전혀 관심 없는 남자가 압도적으로 더 많다.

번화가를 걷다 보면 젊은 남녀가 딱 달라붙어 걷고 있는 모습을 보게 된다. 남자는 여자의 어깨에 팔을 두르고 여자는 남자의 허리에 팔을 감고 남자에게 머리를 기대고 있다. 남자는 머리를 여자 쪽으로 기울이고 있다. 그런가 하면 지하철역 플랫폼에서 긴 키스를 주고받으며 떨어지지 않는 커플이 있었는데, 나는 그들의 길고 긴 키스에 놀랐다. 너무 뚫어지게 보는 건 실례지만, 그렇다고 해서 안 보고 있기에는 너무나 흥미로운 광경이라 힐끔힐끔 보든 안 보든 주변에 있던 사람들 모두 어수선한 분위기였다.

어쩌면 이들은 아주 긴 이별을 앞둔 사람일지도 모른다고 생각해서 주의 깊게 살펴봤는데 두 사람은 들어오는 전철에 같이 타는 것이 아닌가. 세 번째 역에 도착하자 내려서 접착제로 딱 붙여놓은 것처럼 밀착한 채로 계단을 내려갔다. 그 키스는 헤어짐을 아쉬워하는 키스가 아니었다. 그저 충동에 사로잡혔을 뿐이었다.

이것은 어쩌면 타인의 시선을 신경 쓰지 않는 것이 아니라 '다른 사람에게 보여주고 싶다'는 욕구일지도 모른다. 그래서 인적이 없는 장소가 아니라 일부러 사람이 많은 곳으로 나와 자신들의 '넘쳐흐르는 사랑'을 전시하고 보여주는 것일지도 모른다는 생각이 들었다.

이 주제에 대한 편집부의 의도를 도무지 알 수가 없다. 내가 편견을 가지고 젊은 사람들을 보기 때문에 모르는 것일까. 내 인식이 틀렸을지도 모른다.

그런 생각으로 편집부에 전화를 걸었다.

"지금 원고를 쓰기 시작했는데 아무래도 그쪽의 생각을 잘 모르겠어요. '타인의 시선을 신경 쓰지 않고 나답게 살자'라는 테마 같은데, 내가 보기에 요즘 젊은 사람들은 모두 타인의 시선 따위 신경 쓰지 않고 자기 마음대로 산다고 생각하거든요."

"아…… 그러신가요……."

전화기 너머 젊은 여성 편집자는 곤란한 듯한 소리를 냈다.

"술을 마시고 싶으면 맥줏집, 선술집, 호텔 바나 클럽…… 어디든 편하게 들어가고, 요즘은 길거리에서 담배를 피우는 젊은 여성, 흔히 볼 수 있지요. 마치 백화점 화장실에 들어가는 것처럼 러브호텔에도 아무렇지도 않게 들어가고요. 저는 오히려 조금은 타인의 시선을 신경 썼으면 좋겠다고 말하고 싶을 정도예요."

"아…… 그렇게 보면…… 그럴지도 모르겠네요."

이렇게 말하는 편집양(어쩌면 '부인'일 수도 있지만 그 목소리는 내 박력에 기가 눌려서인지 정말로 순진한 아가씨처럼 들렸다).

"타인을 신경 써서 나답게 살지 못한다면 어떤 면에서 그런 건가요? 구체적으로 말해주시면 감이 올지도 모르겠다고 생각해서 전화했습니다만……."

"아…… 저, 예를 들면……"

"예를 들면요?"

"어쨌든 결혼 적령기라는 게 있어서, 거기에 얽매여서 초조해지는 일 같은 게 있다고 생각하는데요……."

그런가. 요즘은 결혼 같은 건 별로 의미 없다고 생각하는 여성들이 많아져서 젊은 남성들이 결혼할 사람이 없어 고민이라고 하지 않나. 결혼이라는 형태에 구애받지 않는 사랑이 있다면 좋겠다고 호기롭게 말하는 여학생을 바로 어제도 만났었다.

"그리고 예를 들어 패션에서도 이게 올해의 패션이라고 하면, 내 취향이나 나한테 어울리는 건지 아닌지는 뒷전이고 유행을 좇기도 한다고 생각해요…….”

그것은 결국 교양의 문제다. 주체성은 교양이 뒷받침되어야 확립되는 것이라, 애초에 교양을 갖추지 못한 사람에게 ‘부화뇌동하지 마라. 나답게 살아’라고 해도 없는 건 없는 것이다. 어떻게 할 수가 없다(하긴 나는 패션과는 전혀 상관없는 옷을 입고 있는데, 그건 주체성이라는 고상한 것이 아니라 단순히 귀찮아서, 패션에 신경 쓰기 귀찮아서 오 년도 십 년도 더 된 옷을 입는 것뿐이다).

아무래도 이렇게 말하면 저렇고, 저렇게 말하면 이렇다는 얄궂은 문답이 된 것 같아서 편집양은 점점 기운이 빠진다. 그래도 그녀는 다부지게도 마지막 힘을 짜냈다.

“예를 들어서요.”

“아, 예를 들어?”

“사람들과 어울리는 자리에서 하고 싶은 말을 제대로 못한다든지…… 그러니까 상대방이 어떻게 생각할지가 걱정돼서……"

어쩌면 이 사람, 자기 이야기를 하고 있는 것일지도 모른다는 생각이 들었다. 생각해보면 세 배 정도 나이가 많고 잔소리꾼으로 유명한 사토 할머니에게 하고 싶은 말을 충분히 못하는 것은 지극히 당연한 일이니(다 큰 남자들도 겁을 먹는다) 그것은 당신 잘못이 아니다. 하고 싶은 말을 할 수 없게 만드는 내가 수행해야 할 일이다.

젊음이란 미숙한 것이다. 젊은 사람들은 세상에 대해서도 사람에 대해서도 아주 적은 경험밖에 하지 않았다. 자신감이 없는 것은 당연하다. 미숙한 사람에게 '타인의 시선을 신경 쓰지 말고 나답게 살아라'라고 한다면 자칫 주변 사람에게 폐를 끼치게 되니 어른들은 불만을 터뜨린다. 그런 불만스러운 말에 반발하거나 역으로 비판하거나 무시하거나 혹은 반성하거나 타협하거나 여기서 실패하고,

저기서 얻어맞는 등 다양한 경험을 하면 그렇게 조금씩 '나답게' 살 수 있게 된다. '나답게'라는 것이 무엇인지 점점 알게 된다. 작년의 나는 '나답게' 살고 있다고 생각했는데, 지금 생각해보니 그렇지 않았다며 각자의 생각대로 조금씩 자신의 본질을 찾아 나간다. 나를 만들어 나간다. 그것이 당연한 삶의 방식이라고 생각하는 나는, 그래서 타인의 시선이 신경 쓰이면 저항하지 말고 충분히 신경 쓰면 좋겠다고 말하고 싶다. 어설프게 주체성이나 자신감을 갖기보다는 자신의 미숙함을 아는 젊은이가 나는 더 좋다.

1994년 10월호 증간

인간의 매력

‘사람들은 어떤 점을 좋아하고 어떤 점을 싫어하나요?’

이런 설문을 앞에 두고 고민에 빠졌다.

당신은 어떤 사람을 좋아하고 어떤 사람을 싫어하는지 묻는다면 대답할 수 있지만 ‘사람은’이라고 일반론으로 접근하면 그건 어렵다.

왜냐하면 나라는 사람은 세상 사람들과 가치관, 감각, 무언가를 대하는 관점이 다른 것 같다는 사실을 알게 되었고 내가 매력을 느끼는 사람, 좋다고 생각하는 사람을 꼭 '사람들'이 똑같이 느낄지 어떨지 자신이 없기 때문이다.

너스레를 잘 떨고 농담을 연발해서 저 사람은 유쾌한 사람이다, 이상하게 스스럼없는 사람, 재치 있는 사람이라며 모두가 좋아하는 사람이 있었다. 평범한 모임이라도 그 사람이 있으면 자리에 활기가 도니 인기가 있다.

언젠가 오사카로 가는 신칸센에서 그 인기인과 가까이 앉게 되었는데, 도쿄부터 세 시간 가까이 그 사람이 쉴 새 없이 내뱉는 너스레와 농담에 맞장구쳐주다 보니 녹초가 되었다.

그 사람 입장에서는 세 시간의 여정 동안 나의 지루함을 달래주어야 한다는 사명감(?)에 불타올라 특기를 살려 심혈을 기울여 농담한 것인지도 모른다. 이것은 그 사람의 서비스 정신인데 모처럼의 서비스에 화를 낼 수도 없는 일이다. 어쩔 수 없이 웃고 있었다. 시즈오카 정도까지(약 한 시간 정도 거리-옮긴이 주)는 활기차게 웃고 있었는데 나고야까지(약 두 시간 정도 거리-옮긴이 주) 가니 웃음소리에 힘이 없어졌다. 교토 근처에서는 웃음보다 거의 화가 났다. 왜냐하면 나에게는 그 사람의 실없는 농담이 전혀 재밌지 않았다.

'후, 그 정도로 질 낮은 농담에 웃음이 나오냐?'

이런 마음으로,

"하. 하. 하."

건성으로 웃고 있었다. 이 영혼 없는 억지웃음을 모르는 건가, 라고 말하고 싶은 것을 꾹 참으면서 말이다.

나중에 친구에게 "일전에 그 농담하기 좋아하는 사람이랑 신칸센을 같이 타고 갔었어"라고 말하자 친구는 말했다.

"좋았겠네. 재밌었지? 그 사람 재밌어서 다들 좋아하잖아."

나는 이제 그 사람 얼굴만 봐도 도망가고 싶은 심정이다.

이런 일이 있으니 사람에 대한 평가는 어려운 것이다. 중과부적衆寡不敵. 소수는 다수를 이기지 못한다. 그는 인기가 많은 사람이라 나는 도망치고 싶다. 이것은 아마 내 문제일 것이다. 친구가 너는 협조심이 없는 게 단점이라고 했던 말이 떠오르기도 했지만 다른 날, 다른 친구와 만났을 때 그는 이렇게 말했다.

"아니, 그 녀석(농담 좋아하는 그 사람)이랑 같이 골프를 쳤는데 말이야. 처음부터 끝까지 시시한 농담만 하더라고. 그걸 상대하다가 컨디션이 나빠졌어. 정말이지, 그 자식의 어설픈 농담은 기분 나쁘다니까."

그 순간 나는 너무 반가워서 그때까지 별로 친하지 않았던 그 친구가 갑자기 '절친' 같은 기분이 들었다.

농담하기를 좋아하는 그가 진짜 '매력적인'인 사람이 되려면 먼저 자신의 농담이 모든 사람을 즐겁게 하고 있다는 믿음을 버릴 필요가 있다고 생각한다. 그는 농담을 잘하는 자기 자신이 만족스럽다. 사람들에게 서비스한다고 생각해서, 자신의 서비스에 몰입해서 웃어주는 사람들이 서비스해주고 있다는 것을 알지 못한다. 그런 자신을 객관적으로 바라볼 수 있게 된다면 그때부터 그는 때와 장소, 상대를 가려 적절한 서비스를 하는 진정한 매력적인 사람이 될 것이다.

사람들이 좋아한다, 싫어한다는 것은 때와 상황, 조건에 따라 다르다. 상대방에게 달린 것이다.

"저 사람, 정말 좋은 사람이에요."

정말 쉽게 이런 말을 하는 사람들이 있는데(왜인지 여성이 많다) 나는 그다지 믿음이 가지 않는다.

'좋은 사람'이란 것은 너무나 막연해서 어떤 사람을 말하는 건지 잘 모르겠다. 그것은 대부분 그 사람의 '인상'에 지나지 않기 때문에, 얼마 전까지만 해도 좋은 사람이라고 했던 사람이 '그런 사람일 거라고는 생각도 못 했어'라고 쉽게 의견이 바뀐다.

마찬가지로 '저 사람, 다들 싫어하니까 나도 너무 싫어' 같은 말도 귀담아들어 본 적이 없다. 왜 싫은지 이유를 물어보면 시답잖은 얘기뿐이라(반지를 자랑했다든가, 아들이 현역으로 도쿄대에 들어갔다고 자랑했다든가, 자기가 미인이라고 생각해서 거드름을 피운다든가……) 이런 경우 미움받는 사람보다 미워하는 사람 쪽이 나에게는 까다로운 사람이라고 느껴져서 멀리하고 싶어진다.

나는 마음이 넓은 사람에게 매력을 느낀다. 어떤 상황에서도 너그럽게 웃어넘기고 무턱대고 흥분하지 않으며 마음 넓게 용서해주는 사람이 나는 좋다. 왜냐하면 나 자신이, 속이 좁아서 금세 흥분하는 성미라, 인간은 나에게 없는 것을 가진 사람을

×××

동경하기 마련이라고 생각한다.

그런가 하면 나는 자칭 팬이라는 사람들에게 "사토 씨의 소나기 같은 분노를 정말 좋아해요. 시원하게 잘 말해줬다, 혼내줬다 싶어 속이 후련해요"라는 편지를 자주 받는다.

그렇다면 나의 큰 단점이자 많은 적을 만들고 있는 '성질머리', '싸움꾼 기질'에 매력을 느끼는 사람이 세상에 있다는 것인데, 그것은 그 사람에게는 없는 것(하고 싶은 말을 하지 못한다)을 내가 갖고 있기 때문일 것이다. 화내고 싶지만 그러지 않고 부글부글 속만 끓이고 있는 사람들, 그렇게 무턱대고 화내지 않는 사람들, 조신하고 교양 있는 사람들에게 나 같은 여자는 도저히 두고 볼 수 없는 상스러운 사람일 것이다.

주변 사람들을 끌어당기는 매력이 무엇인지 물으면 상냥함이라든가 배려심이라든가, 쾌활함, 밝음, 재치, 신뢰감 등 몇몇 추상적인 말이 나오는데 진정한 매력은 조금 더 미묘한 것이다. 스킬로 배울 수 있는 것이 아니라 그 사람의 캐릭터와 얼마나 많은 경험을 했는지에 따라 자연스럽게 발효되어 몸에 배는 것이라고 나는 생각한다.

젊은 여성들 사이에서 흔히 이상적인 남성의 조건 중 첫 번째로 '상냥함'을 꼽는다. 상냥함은 타인의 기분을 잘 아는 것인데 그것은 다양한 희로애락을 경험해야만 진정으로 알 수 있다.

어느 훌륭한 의사가 암에 걸려 수술을 받았다. 그제야 비로소 환자의 말할 수 없는 애절한 마음을 알게 되었고, 지금까지 환자를 대하는 자신의 상냥함은 의사로서의 직업적인 친절에 불과했다는 사실을 깨달았다는 술회를 읽은 적이 있다.

경험은 그 정도로 강력한 힘을 가지고 있어서 유야무야 경험을 흘려보내는 사람은 아무리 애써도 그것이 매력으로 발효되지 않는다.

나는 누군가가 싫고 좋은 것은 대부분 궁합이라

고 생각한다. 상성이 맞지 않으면 감수성이 다르다는 것이다. 많은 이들이 좋아하는 사람은 일반적인 감성의 소유자라고 할 수 있을까. 개성이 강한 사람은 사람들이 좋아할 확률은 낮을지도 모른다. 그렇다고 해서 개성을 죽이고 남들에게 사랑받기 위해 노력해야 한다고 생각하지는 않는다. 호감을 사기 위한 어설픈 노력은 꾸며낸 티가 나서 피곤하다고 느끼는 사람도 있다.

"있는 그대로의 모습이 좋아요. 자연스러운 당신의 모습이 좋아요. 인생 경험을 소중히 여기면 자연스럽게 매력을 갖추게 될 거예요."

나는 이렇게 말해주고 싶다.

이런 나는 어쩌면 주어진 질문에 대답하기 부적절한 사람일지도 모른다.

1992년 8월 증간호

×××

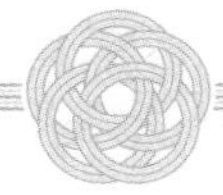

만약 도덕론을 써야 한다면,

나는 유쾌함을 가장 첫 번째 의무로 둘 것이다.

_알랭(프랑스 철학자·평론가)

③

인생은 아름다운 것만
기억하면 돼

낙천적으로 살기

말에 휘둘리는 불행

요즘 '말의 범람'이라는 것이 신경 쓰인다. 말을 먼저 하고 그때부터 생각한다. 생각 끝에 말을 찾는 것이 아니라.

일전에 '부모 자식 간에 커뮤니케이션이 되지 않아 고민하는 사람이 많은데 어떻게 해야 할까'라는 질문을 받고 새삼 다시 생각해보았는데, 예전에는 부모 자식 간에 커뮤니케이션이 필요하다고 생각하지 않았다. 세대가 다른 사람들끼리 커뮤니케이션이 잘될 리가 없다. 옛날 부모들은 정말이지 제멋대로였다. 자식 입장에서 보면 불합리, 모순덩어리였다.

학교를 마치고 집에 와서 놀고 있으면 '공부해라, 공부해라'라고 한다. 그러다 조금 있다가 바빠지면 공부는 됐으니까 심부름 다녀오라고 한다든가 집안일을 도우라고 말한다. 아직 숙제가 안 끝났다고 하면 '숙제 같은 건 아무렴 어때'라고 한다. 불만을 말하면 시끄러워, 엄마 아빠 말 안 들을 거니!

아이는 마음속으로 정말 불합리하다고 생각하지만 기껏해야 삐죽거리는 정도의 반항만 할 뿐이다. 그것은 '부모님 말씀을 잘 들어야 한다'라는 가르침과 사회 통념이 있었기 때문이다.

게다가 옛날 부모들은, 특히 어머니는 몸이 가루가 되도록 일해야 했다. 청소, 빨래를 비롯한 모든

×××

일을 어머니 혼자 힘으로 해냈다. 아이는 그 모습을 보고 자랐고 말로 소통할 수가 없었다. 부모는 부모로서 아이가 무슨 생각을 하는지 알고 싶어 하지도 않았다. 그 정도로 '부모의 권위'에 자신이 있었던 것이다.

이런 식으로 아이 안에서는 불합리와 제멋대로인 부모에 대한 내성이 생기게 된다. 학교 선생님도 결코 친절하지 않았다. 아이들의 마음을 몰라서, 라고 생각하는 선생님은 전혀 없었다. 그렇게 사회에 나오면 불합리한 일투성이인데, 요즘 아이들은 바로 화내지만 불합리에 익숙해진 사람들은 그렇게 쉽게 화내지 않는다. 인내심을 미덕으로 여겼던 시대에 자란 사람들은 그렇다.

생각해보니 요즘은 '미덕'이라는 말을 못 들어본 것 같다. 무엇이 미덕인지 가르치는 어른도 없다. 어쨌든 평화롭고 평온한, 풍요롭고 편리한, 쾌적함

— 이것을 행복이라고 생각하는 사람들이 많아졌다. 손해 봤다, 이득 봤다, 이런 이야기들뿐이고 물욕과 욕망을 노골적으로 드러내면 인격이 저열한 사람이라는 관념은 흔적도 없이 사라졌다. 좀 극단적인 예이지만 십 대 소녀가 매춘을 하는데 그것을 일본에서는 원조 교제라고 부르는 걸 봤다. 매춘을 원조라고 하면 왠지 모르게 그럴싸하게 들리지 않는가. 이런 식으로 부정되어야 할 여러 현상이 '평범'한 일이 된다. 대개 십 대 소녀라 하면, 결벽과 수치심이 있고 순수하며 겁이 많은 청아한 존재다. 그런 십 대가, 어디서 뭐 하는 사람인지도 모르는 아저씨가 몸을 만져도 개의치 않는다는, 둔감한 감성이 나는 놀라울 따름이다. 왜 그런 일을 하느냐고 물으면 다른 사람에게 피해를 주는 일이 아니니까 괜찮지 않냐고 말한다. 돈이 생기면 부모에게 용돈을 달라고 조르지 않으니까 부모도 편해서 좋을 것이라고 한다. 몸이 닳는 것도 아니니까, 라

×××

고 하면서.

나 원 참, 이란 말밖에 나오지 않고 어쩌다 이렇게까지 타락해버린 건지 탄식만 할 뿐이다. 동서고금을 막론하고 돈을 위해 몸을 파는 여성은 많이 있었다. 하지만 그 사람들은 모두 먹고살기 위해 (또는 병든 아버지를 위해, 어린 동생들 때문에) 울며 겨자 먹기로 몸을 팔았다. 얼마 지나지 않아 그런 경계에 익숙해져 자각 없이 했을지도 모르겠지만, 그런 자신의 몸을 부끄럽게 여기고 약점이라고 생각하는 마음이 꼬리표처럼 계속 따라다닌다고 생각한다. 중요한 것은 '마음'의 문제라고 생각한다.

중요한 것은 강한 '정신'

욕망은 끝없이 팽창하는 것이다. 원하는 것을 손에 넣으면 더 원하게 된다.

"물건을 탐하는 놈이 가장 질 나쁜 인간이다."

×××

나는 아버지에게 이런 말을 자주 들었다. 그 당시에는 각 가정마다 그 집의, 어렵게 말하면 사상이랄까, 가풍이라고 할까, 즉 가장의 가치관이라는 것이 있었다.

'출세해서 사람들이 우러러보는 사람이 되어라'는 가풍도 있었고 '가난해도 좋다, 평범하게 정직하게 살아라'라는 가풍도 있었다. 우리 아버지의 가치관은 '물건을 탐하지 마라', '허세 부리지 마라', '용기를 가지고 살아라', '도망치지 마라', '타협하지 마라'이런 것들이었다. 훗날 나는 남편 사업이 실패했을 때 빚을 떠안고 몇 년이나 변제하느라 고생하는 처지가 되었지만 빚 떠안기 같은(법률적으로 해야 할 의무도 없는 일을) 짓을 한 것은 아버지의 이런 가르침 때문이었다고 생각한다. 하지만 '용기를 가지고 살아라', '도망치지 마라'라는 또 다른 가르침 덕분에 그런 어려움을 극복할 수 있었다고 생각한다.

인생의 고난을 만났을 때 힘이 되는 것은 돈도 명

예도 아니다. 강한 '정신'이라고 생각한다.

'재미있었다'라고 말할 수 있는 인생이야말로

"당신은 낙천적이라 좋아요."

자주 사람들에게 듣는 말이고, 나도 그렇게 생각하지만 낙천적일 수 있는 이유는 물건이나 돈에 대한 집착과 욕망이 없어서일지도 모른다. 그리고 나에게 그것을 심어준 것은 아버지의 가르침이었다는 생각이 든다.

스무 살 때(한창 전쟁 중일 때)에 결혼하고 그 결혼이 깨져 혼자 살아가야 했을 때, 어머니는 너처럼 제멋대로인 괴짜는 글쟁이가 되는 수밖에 없다고 말씀하셨다. 직업을 갖고 조직에 들어가면 분명히 협업하지 못하고 폐만 끼치고 분란을 일으켜 그만두게 될 거라고. 글 쓰는 일은 혼자 하는 것이니 누군가에게 폐를 끼칠 일이 없다. 글이 팔리지 않으면 가난해질 뿐이지……라고, 나의 어머니 역시 단호하게 말하는 사람이었다.

그래서 나는 작가가 되기로 결심했는데 앞날이 캄캄했다. 재능도 지식도 소양도 나에게는 아무것도 없었다. 머지않아 굶어 죽을지도 모른다고 생각하면서 팔리지 않는 소설을 쓰고 있었다. 우선 일자리를 얻어 생활에 대한 걱정을 덜고 그때부터 소설을 써야겠다는 상식이 나에게는 없었다.

그래도 나에게는 이루고자 하는 바가 있으니까 괜찮았다. 돈은 없어도 같은 목표를 가진 동료들이 있었다. 그런 동료 중 한 사람과 재혼한 것은 서른 살 때의 일이다. 그 남편이 사업에 실패하여 앞서 말한 빚을 떠안고 대신 갚기 위한 고난의 세월을 겪었다.

그렇게 칠십팔 년을 살아오면서, 이야, 대단한 파란을 지나왔구나 하는 생각이 새삼스레 들었지만, 그 파란이 있었기에 대단한 소양도 없는 내가 어찌

×××

됐든 작가라 불리는 사람이 된 것 같다.

"아, 재미있었어."

이렇게 말하고 인생을 마친다—그것이 행복이라고 나는 생각한다.

2002년 4월

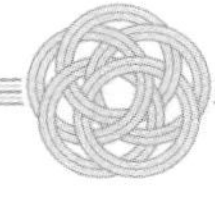

욕심이 없으면 모두 만족스럽고,

바라는 것이 있으면 모든 것이 부족하다.

_료칸(일본 에도시대 승려)

엄마의 입버릇

"아버지에 대해서는 자주 쓰시는데 어머니에 대해서는 잘 안 쓰시네요"라는 말을 종종 듣는다. 그러고 보니 확실히 나는 어머니에 대해서는 그다지 말한 적이 없다.

나의 아버지는 성질 급한 열정가였지만 유쾌한 사람이라 제멋대로인 성격과 성마름 속에 어딘가 모르게 편하고 친밀한 부분이 있어서 말하기 편한 사람이었다. 어머니는 그런 아버지와 정반대, 아버지가 양陽이라면 음陰인 사람이었다. 감정이 얼굴에 드러나지 않고 속마음을 입 밖으로 내지 않았다. 아파도 말하지도 않고 기뻐도 표현하지 않았다. 아버지는 그런 어머니를 두고,

"뭘 해줘도 좋아하질 않아. 감사라는 걸 모르는 여자야."

라고 말하고 어머니는 어머니대로,

"남자라는 족속들은 입에 발린 말만 나불대는 아부하는 여자를 좋아해."

라고 했다.

자식인 우리도 어머니에게 상냥한 말을 들었던 기억이 없다. 어머니는 웬만해서는 밖에 나가지 않고 항상 거실에 있는 목제 화로 앞에 앉아 지루하다는 듯이 가만히 있었다. 집안일은 아무것도 하지 않았다. 부엌에 서 있었던 적도, 빗자루를 손에 든 적도 없었다. 마치 뿌리가 박힌 것처럼 하루 종일 가만히 있었고, 무언가 말한다 싶으면 "대국적인

관점에서 봐야지"라든가 "이성이 없는 인간은 쓸모없어" 같이 늘 비평하는 말을 했다. "정신생활이 없는 인간은 할 일도 없는데 무턱대고 밖에 나가려고 한다"는 말도 자주 했다.

어린아이였던 나는 '정신생활'이 무엇인지 몰랐지만 그런 말을 하는 어머니가 다른 어머니들과는 다른, 뭔가 특별하고 고급스러운 사람이라고 생각했다.

그런데 나는 아버지가 어머니에게 "인생은 논리대로 되는 게 아니야!"라고 소리치는 것을 자주 들었다. 그때는 화를 내며 고함치는 아버지보다 가만히 정좌하고 있는 어머니가 훨씬 뛰어난 사람이라고 생각했지만, 커가면서 그렇게 소리치던 아버지의 기분이 더 잘 이해된다고 생각하게 되었다. 정말 인생은 이치대로 되는 것이 아니다. 애정과 친절함을 갖출수록 인생의 모순에 맞닥뜨리게 된다. 나는 어머니의 냉정함이 오히려 단점이라고 생각하게 되었다.

늘그막에 아버지와 어머니는 자주 싸우셨다. 어머니 말에 따르면 모든 다툼의 원인은 아버지에게 있었다. 또 엄마가 설명해주면 그렇다고 생각할 수밖에 없다. 아버지는 늘 제멋대로에 감정이 앞서는 사람이라 논리가 통하지 않는다고 말하곤 했다. 아버지는 어머니의 논리를 이기지 못하니 어쩔 수 없이 큰소리로 화를 내는 것이다.

인기 작가라고 자부했던 아버지는 어느 해에 연재하던 잡지의 편집장에게 원고에 대한 비판을 받고 격노했다. 그것은 아버지에게 청천벽력과 같은 호된 피드백이었다. 그때 어머니는 반송된 원고를 읽고 아버지에게 집필 활동을 그만두라고 권유했다. 어머니는 아버지가 이제 나이가 들어 예전처럼 생기 넘치는 소설을 쓸 수 없다는 사실을 간파했던 것이다.

어머니는 이럴 때를 대비하여 노후 생활 자금을 준비하고 있었다고 말했다. 그래서 아버지는 어머니의 말대로 집필을 그만두었다. 어머니의 말대로 작가 생활에 종지부를 찍은 아버지는 싸우면서도 역시 어머니를 신뢰하고 있었던 것이다.

"만일의 경우에 도움이 되면 좋겠다……"

어머니는 입버릇처럼 말씀하셨다. 어머니는 신뢰받는 여자인 동시에 외로운 여자였다. 어머니 같은 아내가 되고 싶지는 않지만, 그런 아내가 있으면 좋겠다고 해가 갈수록 생각이 든다.

1985년 2월호

×××

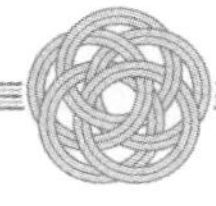

인생은 이치대로 되지 않는다.

_나의 아버지

인생은 아름다운 것만 기억하면 돼

쇼와 28년(1953년-옮긴이 주) 즈음, 내가 성 루카병원 서무과에서 일하던 때에 있었던 일이다. 당시 성 루카병원은 미군이 접수한 상태라 병원 옆 목조로 된 허름한 2층 건물을 입원환자 병실로 사용하고 있었다. 현관 유리문을 밀고 들어가면 바로 앞에 카운터가 있고 접수대 뒤로 서무과, 인사과 등의 책상이 줄지어 놓여 있었다. 나는 그 책상 중 하나를 마주하고 앉아 하루 종일 주판을 튕기고 있었다. 그렇다고 돈 계산을 하는 것은 아니었고 매달 각 과의 외래환자 수나 입원환자 수를 계산했다. 그러던 어느 날, 정면 유리문이 벌컥 열리고 복도를 쿵쾅거리며 누군가 달려오는 듯했는데 카운터 너머로 크고 동그란 여자 얼굴이 나타났다.

"똥간 어디죠? 똥간—"

갑작스러운 큰 소리에 깜짝 놀라서 벌떡 일어난 접수처 여직원이 곧바로 검지로 한 방향을 가리키자, 그 사람은 체면 따위는 신경 쓰지 않는 듯이 쿵쾅거리며 그쪽으로 뛰어갔다.

저 사람이 누구인지 물을 것도 없이, 납작하고 커다란 둥근 얼굴을 보자마자 사와다 미키(미쓰비시 창업자의 손녀로 2차 세계대전 후 태어나 버려진 혼혈인 고아를 보호하고 양육하는 엘리자베스 샌더스 홈을 창립했다-옮긴이 주)라는 걸 알 수 있었다.

"이야, 정말 사와다 씨답네."

서무과장이 하는 말을 듣고 그 자리에 있던 사람

들이 일제히 웃었던 기억이 난다.

쇼와 28년이면 사와다 미키가 엘리자베스 샌더스 홈을 창립한 지 5년째 되는 해로, 기금 마련을 위해 미국과 유럽을 돌아다니던 무렵이다. 연보에 따르면 그해 미키는 샌더스 홈에 들어온 일본·미국 혼혈아들을 위한 학교를 설립하였다. 그야말로 맹렬한 기세로 오해와 중상모략을 딛고 기부금을 모으기 위해 뛰어다닐 때였다.

"똥간 어디죠? 똥간이요."

이런 거침없고 성급한, 체면 따위는 신경 쓰지 않는 말투 속에는, 지금 전장 한복판에 서 있는 사람에게서 나오는 필사의 활력이 넘쳐흐른다—나는 그렇게 느꼈다. 심지어 그녀는 일본 재벌의 장녀로 태어나고 자란 사람이다. '똥간'이라는 말과 너무나 거리가 먼 교육 방식으로 자란 사람이다. 상류 사회에서 상식이라고 여겨지는 것, 예의라고 여겨지는 것들을 나 같은 야인이 알 수는 없지만, 적어도 사와다 미키라는 사람은 그런 것들을 거스르고 살았고, 적어도 지금은 그렇게 살고 있는 사람이라고 생각했다. 사람들의 예상 따위는 내던지고, 있는 그대로 자신이 믿는 길을 억척스럽게 걸어가는 사람이라고 생각했다.

그 정도로 '똥간'이라는 말, 그리고 거기를 향해 발소리를 내며 달려가는 그녀의 개구쟁이 같은 순수한 기운은 나에게 강한 인상을 남겼다. 나는 그녀에게 매혹되었다기보다는 강렬한 선망을 느꼈고 다시 '똥간'에서 나와 유리문 밖으로 사라진 사와다 미키의 뒷모습을 보며,

"잘 가요"

하고 손을 들어 배웅했다.

전쟁이 휩쓸고 간 자리에서

사와다 미키의 자서전인 《검은 피부와 하얀 마음》

黒い肌と白い心에 세 살 때 있었던 일에 대해 이렇게 쓰여 있다.

어머니의 친정인 호시나 가에 갔을 때, 벌써 3대째 어머니 집안을 모시고 있는 오래된 하녀가 내 얼굴을 가만히 바라보며 말했다.

"이런, 가엾게도 어머님 어릴 적보다는 한참 떨어지네요……."

외할머니는 엄청난 미인이라 그림으로 그려진 적도 있다고 한다. 전부 고상한 사람들만 있는 가운데 나는 괜히 '우메가타니(스모 선수)'처럼 힘 자랑을 했다.

"제발 이제 미키는 데려오지마……"

어렴풋이 이렇게 말씀하셨던 것이 기억에 남아 있다. (중략) 소학교 시절에는 여동생과 자주 싸웠다. 어머니는 항상 몸도 가냘프고 마음씨 착한 동생을 감쌌고 꾸중을 듣는 것은 나였다. 특히 어머니는 내가 동생 방에 들어가 싸우기 시작했을 때는 아무리 내가 옳다 하더라도 동생 편을 들었다.

철이 들면서 미키는 집안의 골칫거리가 되었다. 나이가 찬 그녀에게 혼담이 들어와 맞선에 끌려 나갔는데 원유회에서 맞선을 볼 때는 슈크림을 입안 가득 넣고 있다가 갑자기 주룩 뱉어내기도 하고, 극장에서 맞선을 봤을 때는 박스석에 앉아 몸을 뒤로 젖힌 채 드르렁 코를 골며 자기도 했다.

"내가 화족(근대 일본 귀족 계급-옮긴이 주)을 싫어하는 이유는 그에 걸맞지 않은 자손들이 선조의 영광과 지위만 믿고 으스대는 꼴이 못 견디게 싫기 때문이다."

미키는 책에 이런 말을 썼었다.

그렇게 말하긴 했지만 그녀의 현실 생활 역시 할아버지의 힘으로 쌓아온 부와 권력으로 지켜지고 있다는 사실은 바뀌지 않는다. 얼마 지나지 않아 외교관인 사와다 렌조와 결혼하여 외국 생활을 이어갔는데 그 당시 그녀의 사치는 지금도 이야깃거리가 될 정도였다.

만약 일본이 전쟁에서 지지 않았다면, 사와다 미키는 그저 제멋대로이고 여성스럽지 않은, 상식 밖의 골칫덩어리, 별난 사람이라고 비난받는 것으로 끝났을 것이다. 일본의 패전, 재벌 해체가 그녀에게 새로운 인생을 주었다. 전쟁이 휩쓸고 간 자리에서 미군과 일본 여성 사이에 태어난 갓난아기의 시체를 본 다음부터 그녀의 인생이 시작되었다.

처음 두 명의 혼혈아를 맡은 것을 시작으로 엘리자베스 샌더스 홈을 만들어 32년 동안 약 이천 명의 혼혈아를 키웠다. 홈을 지속하기 위해 또는 시설을 정비하기 위해, 초등학교와 중학교를 설계하기 위해, 미국으로 입양 보내기 위해, 성장한 아이들의 미래를 생각해 브라질에 농장을 사기 위한 고군분투가 계속되었다.

미군의 행동에 따른 결과는 미국이 책임져야 한다는 생각으로, 그녀는 기부금을 모으기 위해 미국 전역을 돌아다녔다. 미군 총사령부를 찾아가 강하게 요구하며 장교와 싸운 적도 여러 번 있었다.

"상대방은 화를 내며 재떨이에 손을 댔다. 나는 순간적으로 저걸 막으려면 어떻게 해야 할지 생각했다. 신발을 벗어 던질까 생각했다."

미키는 그때를 떠올리며 이렇게 썼다. 때마침 비상 훈련을 위한 비상벨이 울렸고 싸우던 두 사람이 그대로 밖으로 뛰쳐나가 싸움은 '무승부'가 되었다고 한다.

미군 장교에 대해서는 일본의 정치인도 관료들도 모두 넙죽 엎드리기 급급하던 시대였다. 그런 시대에 여자에게 재떨이를 던지려고 할 정도로 상대방을 화나게 했던 미키의 용맹함에 나는 놀라지 않을 수 없었다.

×××

어느 날 나는 <아이들은 일곱 개의 바다를 넘었다>라는 TV 프로그램을 보았다. 엘리자베스 샌더스 홈을 졸업하고 성인이 된 혼혈아들의 모습을 따라가는 방송이었다. 한 흑인 혼혈 청년이 미국의 한 마을에 있는 공원 벤치에서 카메라를 향해 옛날 일을 이야기하고 있었다. 맞은편에서 그가 있는 곳으로 사와다 미키가 여유 있는 걸음으로 걸어왔다. 혼혈 청년은 놀라며 벌떡 일어나 사와다 미키에게 달려가 껴안았고, 눈물을 참지 못하고 울기 시작했다.

청년을 껴안은 사와다 미키의 표정은 흔들리지 않았다. 당당하고 흔들리지 않는 표정 그대로 그녀는 미소를 띠며 청년에게 말했다.

"슬픈 일은 잊으렴. 인생은 아름다운 것만 기억하면 돼."

그때 나는 사와다 미키의 흔들림 없는 표정 아래로 켜켜이 쌓여 있는 고군분투의 세월을 보았다는 생각이 들었다. 그리고 그녀의 추진력은, 예전에는 그녀의 결점이라고 여겨졌던 것에서 나온 것이라고 생각했다. 어떤 환경에서는 결점이었던 부분이 어떤 환경에서는 장점으로 작용했다. 엘리자베스 샌더스 홈 덕분에 사와다 미키는 커다란 결점을 장점으로 바꾸었다. 그렇게 할 수 있는 사람, 그런 인생이 나는 대단하다고 생각한다.

1981년 4월 증간호

×××

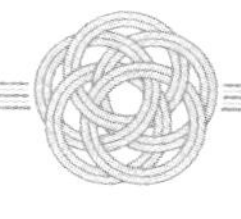

인생은 아름다운 것만 기억하면 돼.

_사와다 미키(엘리자베스 샌더스 홈 창립자)

물건에도 마음이 깃든다

어린 시절의 그리운 추억 중에, 마을을 돌아다니며 물건을 팔거나 고치는 사람의 외침이 있다. 예를 들면,

"우사안~ 양산, 고쳐요~!"

이런 소리나,

"땜질합니다아, 땜질!" 같은 소리 말고도 구두 수선, 나막신 굽갈이, 칼이나 가위 갈아주는 사람, 담뱃대 속에 낀 댓진을 빼주는 사람 등 점심 무렵에 느

른한 소리를 내며 마을을 다니는 사람들이 있었다.

그들은 계절마다 풍경의 재미를 더해줌과 동시에 우리의 알뜰한 생활을 도와주는 사람들이었다. 그 사람들 덕분에 우리는 신발 한 켤레, 칼 한 자루도 끝까지 다 쓸 수 있었다. 주전자나 냄비는 손잡이를 갈아 끼우거나 구멍을 땜질해서 막으면 십 년이든 이십 년이든 쓸 수 있을 때까지 사용했다.

그런 생활 속에서 자란 나는 오래 써서 울퉁불퉁해진 냄비, 까맣게 그을린 주전자도 도저히 버릴 수가 없다. 그래서 우리 집에는 녹슨 전지가위나 톱, 손잡이가 떨어진 식칼, 이가 빠진 그릇이 산더미처럼 쌓여 있다.

'아, 땜질하는 사람이 있었으면'

이라는 생각을 자주 한다.

"옛날에는 우산 수선한다고 자주 왔었는데 말이야."

이렇게 탄식하며 손에 든 고장 난 우산을 버리지

못하고 있다.

물건을 새로 사지 않고 아껴 쓰고 절약하는 생활을 하려고 해도, 생각뿐이고 실제로는 이런 어려움이 있다.

절약과 창조의 기쁨

나는 가끔, 돌아가신 어머니를 떠올린다. 조리의 앞쪽 끈이 끊어지면 어머니는 전문가 못지않은 솜씨로 고쳐주었다. 어머니는 절대 물건을 버리지 않는 사람이라서 나에게도 그런 습관이 배어 있다. 다만 어머니는 물건을 버리지 않고 고쳐서 활용하는 재능이 있었지만 나에게는 그런 재능이 없다. 그래서 나는 그저 산더미처럼 쌓여 있는 잡동사니에 파묻혀 탄식만 할 뿐이다.

내가 손재주가 있었더라면 일상생활의 즐거움이 조금 더 늘어나지 않을까 하는 생각을 자주 한다.

×××

본디 절약이 몸에 배어 있어서 못 쓰게 된 물건을 고쳐 다시 쓸 수 있게 되었을 때의 기쁨은 두 배가 될 것이라고 생각한다. 그것은 새로운 물건을 샀을 때의 기쁨과는 또 다른 기쁨으로, 약간 과장해서 말한다면 절약의 기쁨 외에 창조의 기쁨이 있다고 할 수 있다.

그런 재능이 없는데도 물건 버리는 것을 싫어하는 나는 무언가 살 때 되도록 좋은 것을 사려고 한다. 좋은 물건은 비싸긴 하지만 오래 쓸 수 있다. 비싼 물건이라고 생각하면 자연스럽게 소중히 다루게 되기 때문이다.

우리 집에 있는 가구 대부분은 부모님께 물려받은 것이다. 장롱, 찻장, 손님용 세트, 서안, 책장, 찬장 등 모든 가구가 내가 어렸을 때부터 있었던 친숙한 물건들이다. 적어도 3, 40년은 썼을 것이다. 어머니가 소중히 쓰셔서 그 정도로 유지되었다.

“이거 명품이야. 비싼 거라고.”

어머니는 이렇게 말하며 정성스럽게 마른 수건을 덮어두어서 나도 자연스럽게 소중히 다루어야 할 것 같았다. 세월이 쌓여 '명품', '비싼 것'이라는 관념 위에 애착이 더해졌다. 거기에는 어린 시절의 향수가 담겨 있고 또 '지금까지 용케도 살아남았다'는 감동이 있다. 나는 이 애착을 딸에게도 전해주고 싶다.

버리는 것도 방법이 있다

지금은 한 번 쓰고 버리는, 일회용의 시대라 얼마나 잘 버릴 수 있는지에 따라 일상생활이 쾌적해진다는 식으로 여겨진다. 이런 환경 속에서 자란 사람들은 '물건을 버리는 것은 죄악'이라고 배우고 자란 우리 세대 사람들보다 시원시원하게 잘 버리고 사는 것처럼 보인다.

길가의 쓰레기장에 아무렇게나 수북이 쌓여 있

는 낡은 자전거나 오래된 책상, 닳고 닳은 트렁크 등을 보면 나도 모르게 눈을 돌리게 된다. 나처럼 짠돌이인 사람은 무참히 버려진 물건들을 보면 가슴을 쿡쿡 찌르는 듯이 아프다. 일회용 시대의 버리는 방법에 익숙해지면 그와 함께 사람의 마음에서도 점점 여러 가지 감정도 잘려 나가지 않을까.

버리는 것도 방법이 있다. 점점 더 가차 없이 버려지는 것을 볼 때마다 물건에 대한 애착을 버리면서 조금씩 인간은 배려하는 섬세한 마음을 잃어가는 듯한 기분이 들 수밖에 없다.

1973년 8월호

×××

'아, 재밌었다'라고 말할 수 있는 인생이길

어느 날, 거실에 앉아 멍하니 정원을 바라보고 있을 때 있었던 일이다. 갑자기 "사토 씨는 90세까지 살 거예요"라고 했던 무속인의 말이 떠올랐다.

엇, 지금 내가 몇 살이더라? 나이를 세어보니 어이쿠, 벌써 여든여덟 살이잖아. 이러고 있을 때가 아니지! 앞으로 2년, 마지막으로 남겨둔 숙제를 끝내고 죽고 싶다는 생각으로 쓰기 시작한 것이 《만종晩鐘》이었다. 실제로는 2년보다 더 걸려서 완성

했을 때는 91세였다. 끈질기게 살아남았네, 정말.

쓰고 쓰고 또 썼다

내가 쓴 것은 예전에 남편이었던 남자(《만종》에서는 하타나카 다츠히코라는 이름으로 나온다. 문학에 뜻을 두었다가 사업가로 방향을 틀었다. 사업에 실패하고 2억 엔이 넘는 막대한 빚을 진다)에 대한 것이었다. 그는 이상한 사람이었다. 주변에는 '그 자식 때문에 인생이 망가졌다'고 말하는 사람도 있고, '그렇게 공평하고 착한 남자는 없다'고 칭송하는 사람도 있다. 모순을 안고 있는 남자였다. 나도 당황스러웠다. 이혼할 때도 그랬다. 그의 회사가 망해서 아내인 나에게까지 빚쟁이가 들이닥치지 않도록 위장 이혼을 하자고 했다. 잠깐이라고 생각해서 호적을 정리했는데 웬걸, 곧바로 다른 여자를 호적에 스윽 넣어버렸다. 처음부터 '다른 여자랑 결혼하고 싶어'라고 말하면 일이 복잡해질 게 뻔하니 아내를 위하는 척 하면서 속인 것이다. 그런 못된 수를 썼다, 다츠히코라는 남자는.

이혼하기는 했지만 결국 빚의 일부는 내가 대신 갚았다. 법적으로 남편의 빚을 아내가 떠맡아야 할 필요는 없다. 그렇지만 눈앞에 난감해하는 채권자가 나타나면 어쩔 도리가 없다. 이혼했을 때 나는 마흔세 살이었고 이듬해에 나오키상을 받았다. 그 덕에 순조롭게 일감 의뢰가 들어와서 빚을 감당할 수 있었다. 쓰고 쓰고 또 썼다. 하지만 원고료는 오른쪽에서 왼쪽으로 스쳐 지나갔다. 그러는 사이에 빚쟁이가 찾아오면 고민도 하지 않고 닥치는 대로 서명하고 도장을 찍어주었다. 얼마나 곤란한지 구질구질하게 설명하기도, 매도당하는 것도 성가셨다. 이쪽이 잘못한 일이라는 걸 알고 있으니 '내면 되잖아. 가져가라, 이놈들-!' 이런 마음이었다. 한 번 불이 붙으면 멈추지 않는 것이 나의 나쁜 버릇이다.

다츠히코라는 작자는 별로 기가 죽지도 않고 이혼한 후에도 태연하게 우리 집에 들이닥쳤다. 정말로 이상한 남자였다. 그런 그도 7년 전에 죽었다. 도대체 그는 어떤 사람이었을까. 행복했을까, 불행했을까. 글을 써서 다츠히코라는 인간을 이해하고 싶다는 것이 나에게 남은 숙제였던 셈이다.

타인은 이해할 수 없다, 그저 받아들일 뿐

하지만 사람을 이해한다는 것은 그리 쉽게 되는 일이 아니었다.

《만종》을 읽은 분들은 종종 이런 말을 한다. "다츠히코를 그렇게 나쁘게 얘기하지만 결국 사토 씨는 그를 사랑하시는군요." 이런 말을 들으면 나는 화가 난다. 사랑이고 뭐고 없다. 그도 그럴 것이 내가 빚을 대신 갚은 것은 다츠히코를 위한 일이 아니었다. 돈을 빌려준 사람들을 위한 것이었다. 왜 그걸 모를까. 결국 나 역시 사람들이 이해하지 못하는 것이다.

뭐, 내가 잘났다는 게 아니다. 사람들이 이해하지 못했다면 소설가로서 나의 필력이 부족한 탓일지도 모른다. 게다가 애초에 나는 세상 사람들과 감각이 다르다.

낼 필요가 없는 돈인데도 내기 아까워하는 것은 부끄럽다. 돈에 집착하는 것은 부끄럽다. 냉정하게 상대방을 돌려보내는 것과 내 돈을 쓰는 것 중 어느 쪽이 마음 편한가 하면 돈을 내는 것이 편하다. 그게 내 천성이다. 결코 '어려운 사람을 도와주고 싶다' 같은 훌륭한 마음이 아니다. 매몰차게 돌려보내면 내가 마음이 편치 않아서 못하는 것뿐이다. 나도 참 이상한 사람이지. 이해해 달라고 하는 게 무리인 거겠지.

다츠히코 역시 마찬가지다. 도무지 알 수 없는 남

자였다. 하지만 알 수 없는 것이 인간이다. 요즘에는 '이런 사람, 저런 사람'이라고 틀에 끼워 맞춰 이해하려는 경향이 있는데 그렇게 간단한 일이 아니다. 그를 이해하기 위해 소설을 쓰기 시작했는데 쓰다 보니 알게 되었다. 상대방이 어떤 사람이든 이해하는 것이 아니라 그저 받아들일 수밖에 없다. 전남편과 동료 문인들……. 가까운 사람들이 연달아 세상을 떠났다. 누구든 모두들 열심히 살았다. 그거면 됐다. 소설을 다 쓴 지금은 그저 그 사실 앞에 고개를 숙일 수밖에 없다.

빚? 다 갚은 게 언제였더라. 정확하게 기억나지는 않는다. 자동 이체로 설정되어 있었으니까. 텅 빈 통장을 보면 당연히 기분이 나쁠 테니 그냥 계속 방치해 두었다. 그런데 어느 날 봤더니 무려 천만 엔이나 저축되어 있는 게 아닌가! 내 눈을 의심했다는 말은 이럴 때 쓰는 말인가 보다. 앞으로 얼마나 더 갚아야 하는지 신경 쓰지 않은 채 악착같이 고군분투했는데 사실 진작에 끝났던 것이다. 집도 네 번이나 담보로 잡혔었는데 어느새 담보가 빠져 있었다. 누가 처리했는지, 정말 신기한 일이다(웃음).

세상 모든 일은 수행

《만종》을 완성하고 나니 더 이상 쓰고 싶은 것이 없었다. 그런데 지금까지 전속력으로 달려온 나 같은 사람은 갑자기 여유가 생기면 안 된다. 예전에는 아침에 눈을 뜨면 '오늘은 이걸 쓰고 저걸 해야지'라는 계획이 떠올라서 벌떡 일어났는데, 이렇게 계속 누워 있어도 상관없지 않나 하는 생각이 들면 멍해진다. 아마 일종의 '우울'이었으리라. 얼마 동안 몸이 안 좋기도 했었다.

그 후에 주간지 에세이 연재를 맡았는데 그 덕에

×××

지금은 그럭저럭 잘 지내고 있다. 얼마 전에도 강연회에 초대되었는데 무대에 나가기만 했는데 강당이 술렁거렸다. 딱히 내가 인기가 많아서 그런 게 아니었다. 보통 아흔이 넘은 할머니라면 좀 더 차분하게 나올 거라고 생각했을 텐데 나는 쿵쾅거리며 기세 좋게 걸어 나와서 깜짝 놀란 것이 아닐까(웃음).

벌써 92세니까, 솔직히 말하면 여기저기 삐걱거린다. 예전에는 자주 기모노를 입었는데 그것도 힘들어졌다. 그런데 성질은 여전히 급하다. 밖에 나가면 평소 버릇대로 나도 모르게 빨리 걷게 된다. 우체국이나 어디 갈 때도 급하게 서둘러서 헉헉거리며 숨을 헐떡인다. 예전과 똑같다고 생각해도 몸은 따라주지 않는다. 건강 검진을 하면 의사는 "어디 특별히 안 좋은 곳은 없네요"라고 말한다. 하지만 숫자로 나타나지 않는 나이듦의 변화가 매일 느껴진다.

약해지지 않은 것은 분노의 불길 정도일까. 장난 전화라도 걸려 오면 어떻게 혼내줘야 할지 갑자기 파이팅이 끓어오른다. 최근에 강매强賣가 아니라 강매强買라는 게 횡행한다고 한다. 전화로 "필요 없는 물건은 아무거나 다 삽니다"라고 했는데 실제로 집에 와서는 "헌책은 안 돼요, 오래된 만년필은 좀……"이라고 꼬투리를 잡아 가져가지 않는다. 그 대신 귀금속은 싼값에 사려고 한다.

이런 사람들도 나는 일단 집에 들인다. '좋아, 어서 와라' 하고 만반의 준비를 하고 기다렸다가 "전화로는 뭐든 가져간다고 했잖아요. 거짓말한 건가요?!" 하고 철저하게 추궁한다. 얼마 전에도 "한 번만 봐주세요" 하고 도망치려는 사람에게 억지로 헌책 한 권을 들려 보냈다. 다음에는 보이스 피싱 전화가 오려나. 혼쭐을 내줘야 하는데(웃음).

화가 나면 기운이 난다. 이런 점은 완전 사토 가

문의 유전자다. 작가였던 아버지인 사토 고로쿠도 그랬다. 그의 거친 피를, 자녀 중에 내가 제일 진하게 물려받은 것 같다.

파란만장한 인생이었다. 하지만 고생스러웠다고 생각하지는 않는다. 전남편에게 원망도 뭣도 없다. 세상에 일어나는 모든 일은 수행이라고 생각하면 된다. 힘껏 살다가 '아, 재미있었다' 하고 죽을 수 있다면 가장 좋은 일 아닐까.

2016년 2월호

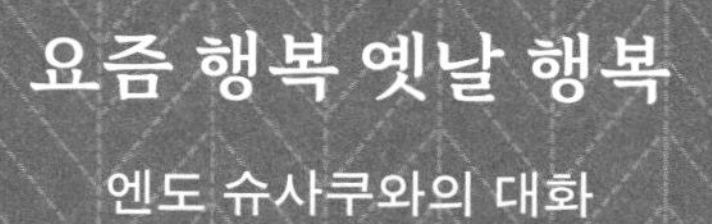

요즘 행복 옛날 행복

엔도 슈사쿠와의 대화

엔도 슈사쿠

1923년 도쿄 출생. 게이오기주쿠대학 불문과를 졸업했다. 학창 시절부터 <미타분가쿠三田文学>에 에세이와 평론을 발표했다. 1955년《하얀 사람白い人》으로 아쿠타가와상을, 1966년《침묵》으로 다니자키 준이치로상을 수상했다. 1970년 로마 교황청에서 훈장을 받았으며 1995년에는 문화 훈장을 받았다. 대표작으로는《내가 버린 여자》,《바다와 독약》,《그리스도의 탄생》등이 있다. 또한 '고리안산진狐狸庵山人'이라는 이름으로 낸 유머 소설과 에세이도 인기를 끌었다. 1996년 9월 29일 사망했다.

※이 대담은 월간지 〈PHP〉 1990년 1월호에 게재되었습니다.

엔도 외동딸인 쿄코가 결혼해서 한 짐 던 거 아닌가요?

사토 이제 한시름 놨지요. 외로울 거라고들 하는데 한숨 돌린 느낌이 더 크네요.

엔도 아들이 좀처럼 며느릿감을 데려오지 않아도 부모는 그 정도로 이래라저래라하지 않는데 딸이라서 역시 그런 기분이 드나 보군요.

근데 비싸잖아요, 요즘 결혼식 말이죠. 호텔 산업에서 결혼식이 중요한 요소를 차지한다고 하던데. 행복이란 정말 희생이 필요한가 봅니다(웃음).

사토 사실 조촐하게 하고 싶었는데 그렇게 하기엔 상대방 입장도 있고 해서요. 결국엔 오기를 부려서 호텔이 돈을 못 벌게 금병

풍을 안 쓴다든지……(웃음).

엔도 평범한 가정에서 딸 셋 결혼시키면 파산할 것 같아요. 우리 아이를 위한 거라는 생각에 나도 모르게 붙들려서 돈을 쓰게 되니까.

사토 평생 한 번뿐이라고 하는데 두 번이 될지 세 번이 될지 모르는 거 아닌가(웃음). 나를 보면 말이죠…….

엔도 슬슬 오늘 주제로 돌아가서, 행복에 대해 얘기해봅시다(웃음).

사토 뭐뭐에 대해 얘기하는 건 어려워요. 게다가 행복한지 아닌지는 마지막에 나오는 것이지, 처음부터 이렇다 저렇다 말하기는 무리가 있어요.

엔도 올해 몇 살이었지요?

사토 엇, 나이? 올해 11월 5일에 만으로 예순여섯이 됐어요…….

×××

엔도 아, 그렇군요. 나보다 반년 어리네요. 당신도 예순여섯이라니…….

사토 맞아요, 예순여섯. 그래도 지금까지 살면서 파산하기도 하고 첫 번째 남편이 모르핀 중독이기도 했고, 뭐 남편 모르핀 때는 좀 힘들었나, 그거 말고도 이런저런 일이 있었지만 나 자신이 불행하다고 생각한 적은 없었어요. 파산했을 때는 그렇게 하기만 하면 그 상황에서 벗어날 수 있으니 하루하루 열심히 살았고 그래서 오히려 활기 넘치고 건강했다고 생각해요.

엔도 예순여섯이 된 지금도 전혀 약해지지 않았는걸요, 당신은(웃음).

사토 계속 파란만장한 일들이 있어서 죽을 때 아, 재밌었다고 생각하지 않을까요.

엔도 소설가란 행복에 대해서도, 불행에 대해서도, 어떤 의미에서는 자유로워질 수 있네요. 보통 사람이라면 그 소용돌이에 휘말리겠지만, 소설가는 소설의 소재로 쓸 수 있으려나 같은 생각을 하니까요.

사토 아, 그러네요. 그리고 망할 때도 혼자 망하면 되니까…….

엔도 그런데 우리 세대는 드라마틱한 일이 많은 시대에 태어나고 자랐잖아요. 많은 사람들이 죽는다든가, 이런저런 일들을 봤기 때문에 약간의 불행쯤이야 그다지 불행이라고 생각하지 않게 되어버렸어요. 산전수전 다 겪었다는 말도 있지만, 그런 느낌이랄까.

사토 맞아요.

엔도 그래서 행복에 대해 뭔가 말하기 어렵지만, 어떤 일이든 플러스와 마이너스가 있다는 말은 할 수 있을 것 같네요. 시체 더미를 보거나 배를 곯았던 것은 그다지 행복한 일이라고 할 수 없지만 그래서 오히려 정신 바짝 차리고 긴장감을 가지고 살 수 있었고, 요즘처럼 물건이 남아도는 시대는 행복한 것처럼 보이지만 꼭 그렇다고 할 수만은 없는 면도 있어요. 뭐, 그래도 무엇이 불행이고 무엇이 행복인지 한마디로 정의 내릴 수는 없지만 길거리가 새카맣게 보일 정도로 시체가 늘어서 있는 상태보다는 지금이 더 낫다고 생각해요.

사토 맞아요. 하지만 행복을 비교하는 건 별로 큰 의미가 없어요.

엔도 역시 그냥 내가 젊었을 때랑 지금 젊은 사람들의 상황을 비교하게 되네요. 나는 늘 배고팠는데 이 녀석들은 많이 먹어서 부럽다, 이렇게요. 내가 지금 십 대라면 다케노코족(1980년대 초반 독특하고 화려한 의상을 입고 공원 근처에 모여 디스코를 추는 젊은이들-옮긴이 주)이 되어서 하라주쿠에서 일요일마다 춤을 추겠죠(웃음). 오토바이도 타려나. 공부 따위 열심히 안 했어요. 사토 씨는 어때요? 사토 씨, 성실하잖아요.

사토 그 시절에는 성실하지 않으면 안 되니까 그랬던 거고…….

엔도 불러내서 같이 다케노코족이 돼서 춤췄을지도 모르죠(웃음).

사토 그랬을 것 같아요. 그때 나는 기후 현으로 시집가서 시아버지, 시어머니와 함께 매일 즐겁지 않은 기분으로 살고 있었어요. 그때 전쟁이 끝났잖아요, 눈앞이 확 트이는 것 같았어요. 이제 뭐든 할 수 있는 세상이 되었는데 나는 결혼한 몸이고. 이대로 계속 시골 의사댁의 며느리로 살아야 한다고 생각하니까 오싹하더라고요. 남편의 모르핀 중독과는 별개로 말이죠.

×××

엔도 당신은 현실에 만족할 수 없는 여자잖아요(웃음). 그런데 종전 직후 1, 2년은 전기가 들어오게 되었고 암시장에 가면 물건이 있고 어떤 말이든 해도 되고, 내 인생에서 행복했던 시절이었어요.

사토 정말 그랬죠. 그전까지는 이것도 안 되고 저것도 안 된다는 것이 정말 많았어요. 그게 다 가능해졌으니까요…….

엔도 당신, 일찍 결혼해서 유감이네요.

사토 맞아요. 스무 살에 결혼했지요.

엔도 나는 그때 아직 학생이었으니까요. 결혼한 사람과 학생은 전혀 다르죠. 그래서 시댁에서 도망쳤나요?

사토 반년이 지나서 남편이 모르핀에 중독되어 돌아온 거예요. 본국에서 근무했으니 바로 돌아올 수 있었는데 반년이나 돌아오지 않은 것은 도쿄에 모르핀을 놔주는 의사가 있어서였더라고요.

엔도 남편분은 왜 모르핀 중독인 된 건가요?

사토 잘 모르겠어요. 장폐색증인가 뭔가에 걸려서 일시적으로 사용했는데 그게 습관이 되었다고 하는데, 같이 살았던 게 아니니까 모르겠어요. 중독에 걸린 사람은 거짓말만 하니까요.

늘 손해 보는 것이 행복해지는 요령

엔도 도쿄엔 언제 왔어요?

사토 그 후에 치바 현 가시와 시 안쪽에 있는 다나카무라라는 곳에서 농사를 짓고 살았어요. 쇼와 21년(1946년-옮긴이 주)쯤이었죠. 지금도 생각나는 건 우리는 농부니까 닭도 기르고 달걀도 있었고 감자도 있었는데 도쿄에 사는 은행원이었던가 소위

인텔리가 일요일이 되면 배낭을 메고 그 걸 받으러 왔었어요…….

엔도 물물교환 같은 거죠?

사토 아뇨, 그런 게 아니었어요. 한 집에서 감자 하나씩 받는데 하루 종일 돌아다니면 20, 30개 정도 돼요. 구걸하는 거죠. 그런 시대였어요.

엔도 많든 적든 다들 그랬죠, 그 시절에는.

사토 맞아요.

엔도 농사일은 그다지 능숙하지 않았죠?

사토 그래도 비교적 제대로 했어요. 보리밟기라든가…….

엔도 아, 보리밟기했군요. 좋은 며느리였네요.

사토 전쟁 중에 남편은 항공 본부에 있었는데 치바에 특수 로켓 기지 만드는 일을 했어요. 전쟁이 끝나고 거기에 있던 군인이나 군무원들은 그 기지를 개간해서 4년간 경작하면 싼값에 살 수 있었다고 하더라고요. 남편도 그렇게 땅을 넘겨받기로 되어 있었는데 제가 그걸 몰랐고 그는 죽었죠. 그리고 몇 년이 지나고 쇼와 40년(1965년-옮긴이 주)쯤, 치바 현 토지 담당자가 서류를 보냈는데 당신 땅을 1만 2천 엔에 매입하는 거예요. 나중에 들어보니 땅이 오백 평인가 육백 평 정도 있다고 하더라고요. 평당 1만 2천 엔이 아니라, 다해서 1만 2천 엔.

엔도 팔았어요?

사토 왜 그랬는지 모르겠지만 그때는 1만 2천 엔이라도 받는 게 이득이라고 생각했어요. 어쨌든 우린 가난했으니까요.

엔도 당신은 바보군요(웃음). 지금 오백 평 있으면 억만장자인데.

사토 맞아요. 그때 토목과 사람이었나, 정말 그래도 되냐고 일부러 찾아왔었어요. 나는 그때 무슨 말인가 싶었어요. 잘 몰랐으니까요. 나중에 알고 보니 그 당시에도 평당 4만 엔 정도는 했었던 것 같더라고요…….

엔도 당신이, 나는 평상시에 행복, 불행하다고 생각한 적이 없다고 하는 이유가 지금 여실히 증명되었네요(웃음). 그런 일을 아무렇지도 않게 하는 사람이니까 불행할 리가 없죠. 행복한 사람이라고 해야 할지, 좀 모자란 사람이라고 해야 할지……(웃음).

사토 맨날 손해만 보면 거기에 익숙해질걸요. 이게 행복해지는 팁이에요(웃음).

엔도 과연, 그럴까요(웃음). 하지만 당신은 대부분 손해를 보잖아요. 주식으로 손해를 봤다든지, 온천 딸린 맨션을 샀는데 뜨거운 물이 나올 때까지 다섯 시간이나 걸린다든지, 마음에 들어 산 땅에 귀신이 나온다

×××

든지, 낭떠러지 절벽에 집을 지을 뻔했다 든지, 기타 등등 많았죠(웃음).

사토 그만 얘기해요(웃음). 그래도 손해 보는 것에 익숙해지면 오히려 손해 보는 자신이 재밌다고 생각하게 돼요, 정말로. 그래서 나는 항상 해피—(웃음).

엔도 웃음에도 여러 종류가 있고 울면서 웃는 것도 웃는 거니까(웃음). 뭐, 이런 얘기들로 친구들도 즐겁게 해주고 있고 말이죠.

사토 사람들은 다른 사람 일이라면 득 본 얘기보다 손해 본 얘기를 더 좋아하잖아요.

엔도 그건 그래요. 아가와 히로유키(다수 문학상과 문화 훈장을 받은 일본 소설가이자 평론가-옮긴이 주) 같은 사람이 '산책하다가 서점에 들렀는데 네 책 어제부터 하나도 안 팔렸대'라고 굳이 전화해서 알려주는 것만 봐도(웃음). 그렇다 하더라도 당신, 기타 모리오(이쿠타가와상을 받은 소설가이자 정신과 의사-옮긴 이 주)처럼 상시 조울증이잖아요(웃음).

사토 엔도 씨는 만성……(웃음).

엔도 맞아요. 당신도 항상 뭔가 하지 않으면 안 되는 조증 기질이 있어요. 다만 나는 실패하지 않을 확률이 높고 당신은 뭘 해도 불운이 닥칠 때가 많죠. 그게 재밌는 지점이지요. 어차피 똑같을 것 같지만…….

사토 맞아요. 뭐가 행복이고 뭐가 불행인지는 그 사람의 가치관에 따른 문제예요. 그리고 평소에는 행복한지 불행한지 하나하나 따져가면서 살지 않으니까요.

죽기 위한 수업이 필요한 시대

엔도 엄청 화장실에 가고 싶은 걸 참았다가 집에 와서 후다닥 화장실로 뛰어들어가서

×××

볼일을 봤을 때 '우왓 행복해!' 같은…….
이런 걸로도 행복해질 수 있지요(웃음).

사토 다만 요즘에 아직 죽음이 닥치지도 않았는데 편하게 가고 싶다든지 남에게 폐 끼치지 않고 죽고 싶다든지 다들 어떻게 죽고 싶은지 고민하잖아요. 이건 불행이라고 생각해요. 옛날 어르신들은 그런 생각은 하지 않았어요. 주변 사람들에게 폐 끼치는 건 신경도 안 썼죠. 그만큼 신뢰 관계가 있었던 것 아닐까요?

엔도 누울 곳이 있었으니까요. 쓰가루 지역의 히로사키에 갔을 때 좋다고 생각했던 것은 집이 넓고 방이 많다는 것이었어요. 도쿄 같은 데는 노인이 퇴원해서 집에 와도 아파트 같은 곳에서는 자리보전하고 누워 있을 방이 없어요. 그리고 하나 더, 옛날에는 수명만큼 살다 죽었는데 요즘은 수

명보다 더 살잖아요? 우리 아버지도 아흔셋이 되셨는데 가키오 쪽에 있는 노인 병원에 계세요. 병실은 좌우 모두 개방되어 있어서 잘 보이는데 예전에는 마땅히 해야 할 일을 하셨던 어르신들의 손을 전부 침대에 묶어두어서, 실례되는 말이지만 무기력한 얼굴로 병문안 간 나를 보고 있는 거예요. 아버지도 그랬고요. 2주 정도 상황을 보다가 너무 마음이 안 좋아서 원장이 안 된다고 하는데도 억지로 차에 태워 집으로 모시고 왔어요. 그리고 좋아지면 다시 집으로 돌아올 수 있다고 말씀드리고 병원으로 돌려보냈는데 다음 날부터 점점 좋아지셨어요. 좋아지면 집에 갈 수 있다는 하나의 목적의식이 생긴 거죠. 교토 대학의 가와이 하야오 교수님께 이 이야기를 했더니 나이 들고 나서 이동은 절대로 하면 안 된다고 하시더군요. 노인은 환경 적응성이 없어져서 환경이 바뀌면 스스로를 보호하기 위해 걷지 않고 먹지 않는 일이 생기기도 한다고 합니다. 그런 걸 보면 노인은 역시 집에서 돌보는 게 좋다고 생각해요.

사토 하지만 어르신을 돌보는 사람은 희생하게 되죠. 옛날에는 희생이 미덕이었잖아요. 지금은 모두 즐겁게 살 권리가 있어서 희생 같은 건 좋지 않은 게 되었어요. 그래서 노인은 젊은이들에게 폐를 끼쳐서는 안 된다, 바람직하지 않다고 다들 생각하고 있어요.

엔도 그건 인간을 도움이 되는 존재인지 아닌지 기능으로만 평가하기 때문이에요. 예전에는 그런 것 말고 노인은 존경해야 하는 존재라는, '옹翁'이라는 이미지가 있어서 나이가 들어도 고개를 빳빳이 들고 다닐 수 있었죠. 지금 일본에는 60세 이상이 1천 4백만 명 정도 되는데, 도쿄 인구보다 약간 더 많은 거죠. 그리고 와병 중인 노인, 치매 노인 네 명 중 한 명은 가정주부가 돌보고 있어요. 얼마 전에 용각산 사장인 후지이 야스오 씨와 이야기를 나눴는데 치매에 걸린 할머니가 제일 먼저 잊어버리는 게 남편 얼굴이라고 하더군요. 알 만 하죠(웃음). 남자는 사회에 나가서 허튼 짓만 하고 다니다가 나이가 들면 마누라한테 기대요. 이런 사람의 얼굴은 빨리 잊고 싶은 마음이 잠재의식 속에 있을 것 같아요. 고 하루토 씨의 소설에도 나오죠. 반면 남자들이 절대 잊지 않는 건 며느리 얼굴이라고 해요. 이 사람이 마지막까지 간병해줄 거라고 생각하는 것이겠죠. 정말일까. 거절하지 않을까. 나는 며느리가 작업실에 놀러 온다고 하면 파자마 입고 있다가도 바로 갈아입는데, 사양할 거예요. 딸이라면 안 할 것 같고.

사토 그럴 필요 없는데. 멋있게 봐주길 바라는 건가요?

엔도 남자는 이상한 허영심이 있어서 그렇게 하게 되더라고요. 하물며 비실비실한 상태로 대소변 시중 같은 걸 받는 건 굴욕적이라는 생각이 드네요.

사토 아직 뭔가 젊다고나 해야 할까요.

엔도 그럴지도 모르겠네요. 당신이라며 만약 아파서 사위가 기저귀를 갈아준다고 하면 어떨 것 같아요? 싫겠지만…….

사토 그때는 분명 치매겠죠.

엔도 일전에 결혼식에서 나, 꼭 말해야지 싶었어요. '의리로 어머니를 돌보는 것은 당신입니다'라고. 그건 다들 웃는 정도를 넘어 비극이 될 것 같아서 안 했지만요……(웃음).

사토 그래도 이 문제는 어렵네요.

엔도 누구나 자존심이 있으니까요. 제가 어느 발명가 모임에서 이런 말을 한 적이 있어요. "아기 기저귀를 가는 것은 아무도 더럽다고 생각하지 않죠. 그런데 노인 기저귀 가는 것에는 약간 혐오감이 있어요. 그러니 여러분, 원터치로 빠르게 기저귀를 갈 수 있는 기계를 만들어 주세요." 그러면 노인의 굴욕감은 적어지고 만든 사람은 큰 돈을 벌 수 있을 거예요(웃음).

사토 자원봉사에 의지하거나 돈을 모아서 병원에 들어가겠다는 사람도 있지요…….

엔도 적십자사 소속 간호사 5명을 빼돌려서 재택간호하는 곳도 있지만 어쨌든 두 시간에 5천 엔이에요. 이 정도라면 일반 직장인은 감당하기 힘들죠.

사토 돈뿐만 아니라 이런 일을 하려는 사람도 잘 없죠…….

엔도 생각보다는 꽤 있어요. '엔도 자원봉사단'이라는 것을 하고 있는데요, 현재 50명 정도 하고 있어요. 그냥 병원 쪽에서 싫어해서 받아주지 않는 거예요. 진짜 정성스럽게 돌보고 있어요. 자원봉사하는 분들도 본인들 스스로 좋은 일을 하고 있다고 생각하면 안 된다고 해요. 지금은 우리가 어르신들을 보살피고 있지만 내일은 누구든 우리 몸을 다음 세대가 돌봐줄 테니까요. 저도 들은 얘기지만 이렇게 죽는 게 좋을 것 같아요. 여든이 된 할머니가 목욕하러 들어가서 '아, 목욕물 좋네'라고 말하는 것을 듣고 예순 된 며느리가 들어가 보니, 할머니가 기분 좋은 듯이 욕조에 턱을

괴고 잠들어 있어요. '어머니, 이렇게 주무시면 안 돼요' 하고 보니 이미 돌아가신 거죠. '목욕물 좋네' 하며 죽은 거예요.

사토 최고의 행복이네요.

엔도 제일 좋죠. 종종 신문에서 프로 레슬링을 보던 할아버지가 흥분해서 죽었다는 기사를 본 적이 있어요. 그런 것도 최고라고 생각해요. 나이가 들면 들수록 고통은 적어지는 것 같아요.

사토 음. 장수는 경사스러운 일이다, 뭐 그런 거죠? 육체는 시들어가고 고통을 줄이면서 죽기 위한 수업이 필요한 시대가 되었네요.

엔도 그런데 눈 깜짝할 새에 당신도 그런 나이가 되어버렸군요.

사토 당신도요.

엔도 처음 알게 된 게 열다섯인가 열여섯이었

던가.

사토 응, 열대여섯쯤이었죠.

엔도 소녀일 때는 그렇게 예뻤는데…….

사토 뭐라는 거야(웃음).

엔도 그런데 무척 빨라졌어요, 나이 먹는 게. 오십 대부터 육십 대가 휙 하고 쏜살같이…….

사토 그래도 충실하게 살았다고 생각하지 않나요?

엔도 나? 뭐 그렇죠. 하지만 확실히 당신은 알차게 살고 있죠. 그렇게 소란스러우면 알차게 살게 되나. 쉽게 할 수는 없잖아요, 낭떠러지 절벽에 집을 지으려고 하는 것 같은 건(웃음).

이왕 사는 거 기세 좋게

人生は美しいことだけ憶えていればいい

옮긴이 **장지현**

이화여자대학교에서 사회학과 광고홍보학을 공부했다. 뮤지컬 제작사 PR매니저, 출판번역 에이전시 매니저로 근무했으며 글밥아카데미 일어 출판번역 과정 수료 후 일서 기획 및 검토 작업을 하고 있다. 역서로는 《오일 사전》 등이 있다.

이왕 사는 거 기세 좋게 

초판 1쇄 인쇄 2025년 3월 19일
초판 1쇄 발행 2025년 4월 2일

지은이 사토 아이코
옮긴이 장지현
펴낸이 최순영

출판1 본부장 한수미
와이즈 팀장 장보라
편집 김혜영
디자인 홍세연

펴낸곳 ㈜위즈덤하우스 **출판등록** 2000년 5월 23일 제13-1071호
주소 서울특별시 마포구 양화로 19 합정오피스빌딩 17층
전화 02) 2179-5600 **홈페이지** www.wisdomhouse.co.kr

ISBN 979-11-7171-379-0 03830